日檢N5聽解

一次掌握！

聽解力がみるみるアップ

◎今泉江利子 著

使用說明

本書提供完整的題型分析，收錄大量聽解試題，循序漸進，讓你在短時間內衝刺日檢，有計畫地拿到聽解分數！

在開始演練題目之前，請先詳讀單元第一頁的題型分析，掌握題型之後才能有效率地熟悉考題！

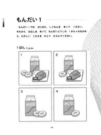

開始演練題目，可以一次聽完一個單元的試題，或是聽了幾題之後停下來翻到題型分析的頁面比較一下，這樣可以更清晰理解考題的形式！

一個單元結束後是聽解內容和試題詳解，第一頁最上方有一整大題的解答，對完答案之後就可以開始看詳解囉！

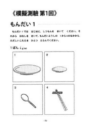

演練完 4 大題型試題之後是第二部份的模擬試題，三回各 30 分鐘的模擬考，比照實際日檢考試一邊聽 CD 一邊作答，中途不可以休息暫停喔！

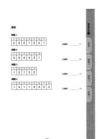

三回模擬試題結束後各有詳解和解答，計算一下自己總共答對了多少題吧！

前言

　　新しい試験が始まりますね。

　　新しい試験では、より実生活に即した形で問題が出されます。ですから、場面に関しては、学校や家庭、お店など実生活の場面を、そして会話表現としては「倒置法」「縮約など口語的な言い方」、「主語の省略など」、会話によく見られる表現を取り入れて問題を作成しました。

　　新試験の問題は大きく４つに分かれています。問題１「課題理解」、問題２「ポイント理解」、問題３「発話表現」、問題４「即時応答」です。問題１と２は内容が理解できるかを問う問題、問題３と４は即時的な処理ができるかを問う問題です。本書もその形式に沿って構成されています。まず、Part1で４つの問題形式をしっかり把握してください。各問題のはじめに問題形式、注意点、問題の流れが示されています。試験において、何が試されるのかを知るのはとても大切なことですから、ぜひ、読んでください。問題形式がわかったら、実際に問題を聞いてみてください。最後に確認のためにスクリプトを見てください。本書には中国語訳がついていますので、日本語と中国語の両方で、単語や文法、文型をより詳しく勉強できると思います。N5は以前の４級と同じレベルですので、これまで学んだ単語や文法がたくさん問題に出てくると思います。

　　Part1の練習が終わったら、Part2にある模擬試験に挑戦してみてください。もちろん３回分ありますので、Part1の前に１つやってみるとか、語彙や文法、読解の勉強をしながら、１週間に１回ずつ挑戦してみるなど、いろいろな使い方ができると思います。

　　聞くポイントとしては、質問を先に聞ける問題１と２では、質問を正確に聞くことが非常に大切です。そのため質問文の主語、疑問詞、時間などで何を聞かなければならないのかが示されますので、しっかり聞いてください。絵や選択肢の短文を見ながらメモをとったり、印をつけるなど問題も大いに活用してください。また、問題３や４は聞いて即、答えを選ばなければなりませんので、単語や文型と合わせて、イントネーションにも注意して聞いてみるといいと思います。

　　また、本書では音声の速度をややゆっくりではありますが、自然な会話に近いスピードにしてあります。何度も繰り返し聞いて耳に慣れさせてください。何度も聞くうちに単語も文法や文型も自然に覚えられるのではと思います。

　　最後に出版にあたり、日月文化出版社、EZ叢書館の顔秀竹様、何佩蓉様をはじめ、多くの方に大変お世話になりました。この場を借りて御礼申し上げます。

　　そして、この本を手にとってくださった皆様の貴重なご意見を聞かせていただければ大変ありがたく存じます。

　　皆様の合格を心よりお祈り申し上げます。

今泉江利子

新制日檢要全面開始實施了！

在新制日檢中，題目比以往更加貼近實際的生活，因此在撰寫本書時，採用了像是在學校、家裡或是在店家等現實生活中的情境，並在題目中加入了「倒敘」、「口語上的省略」、「省略主語」等一般會話中經常使用到的表現方式。

新制日檢的問題分為 4 大題型，問題 1「課題理解」、問題 2「重點理解」、問題 3「發話表現」和問題 4 的「即時應答」。問題 1 和問題 2 考的是「正確理解內容」，而問題 3 和問題 4 考的則是「即時處理問題」。本書也依照此 4 大題型構成編寫。首先，請讀者在演練《Part1 新制聽解 4 大題型》時，先掌握住 4 個題型的問題形式。在每題型的一開始，會針對題目的形式、注意點、答題的流程詳加解說。知道考試要考什麼是非常重要的，所以請先熟讀這部份。瞭解了問題形式之後再開始聽問題，最後翻到聽解內容的頁面確認。本書的聽解內容都附有中文翻譯，可以一邊對照中、日文，並進一步地學習單字、文法、句型。N5 即為舊制檢定中的 4 級，相信讀者學習過的許多單字和文法應該都會在考題中出現。

演練完《Part1 新制聽解 4 大題型》之後，請開始挑戰《Part2 模擬測驗》。模擬測驗共有 3 回，可以在演練 Part1 之前先試著挑戰一回，或是一邊學習語彙、文法與讀解，一週演練一回等等，依學習的進度調整演練的方法。

關於聽題目的重點，問題 1 和問題 2 可以先聽到問題要問什麼，所以正確聆聽一開始的提問是非常重要的。提問會用主語、疑問詞或是時間等提示文章裡哪裡是應該聽的內容，所以要仔細聆聽一開始的提問。你可以活用試題本，一邊看圖或選項的短文一邊做筆記、畫重點。問題 3 和問題 4 在聽完短句之後就必須立即選擇答案，聽的時候配合單字和句型，一邊注意句子的語調，也會對答題有所幫助。

本書的會話速度較慢，但是是接近日本人自然的會話速度，可以重複聽幾次，讓耳朵習慣這樣的速度。多聽幾次之後，單字也會自然而然地記下來了。

最後感謝日月文化出版社、EZ 叢書館的顏秀竹小姐、何佩蓉小姐，以及協助出版此書的各位，在此對各位深表感謝。

也希望購買此書的讀者，能給予我您寶貴的意見。

衷心期盼各位讀者能夠順利通過測驗。

今泉江利子

目　錄

Part 1

新制聽解
4大題型

　　新制日檢N5的聽解分為4大題型，即問題１、問題2、問題3、問題4，4大題型各有出題重點及應答技巧。

　　本單元依此4大題型進行分類訓練，每題型的訓練開始前，都有重點剖析：本類題型「考你什麼？」「要注意什麼？」以及「答題流程」，請先詳讀後再進行訓練！

もんだい 問題 1 課題理解

! 考你什麼？

問題1的對話文會圍繞在一個課題要你解決，而你的工作就是找出具體方法解決這個課題！比如判斷要帶什麼東西或買什麼東西。題型分為圖案選項題與文字選項題兩種。

仔細聽對話中的情報，判斷接下來該做哪一項反應才是適當的。

🔊 要注意什麼？

✔ 正式考試時試題播放前有例題，注意例題不需作答。

✔ 要注意對話中出現的主詞、疑問詞、時間等詞彙。

✔ 對話中可能會有複數的情報和指令。

↻ 答題流程

1	2	3	4
先聽情境提示和問題	一邊看圖或文字，一邊聽對話中的情報	再聽一次問題	從4個選項中選擇答案

もんだい1

　もんだい1では　はじめに、しつもんを　きいて　ください。それから　はなしを　きいて、もんだいようしの　1から4のなかから、ただしい　こたえを　ひとつ　えらんでください。

1ばん 004

1
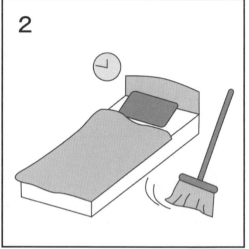

2

3
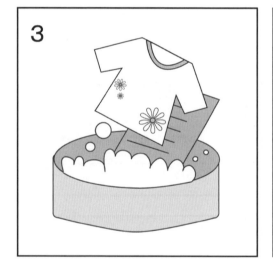

4
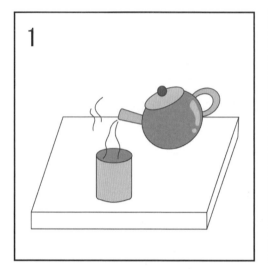

3 ばん 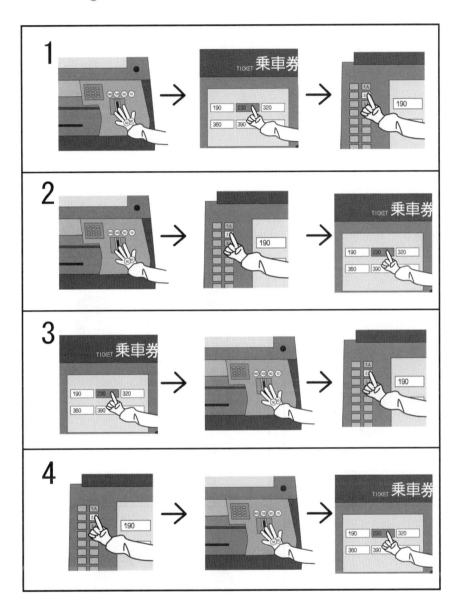006

4 ばん 🎧007

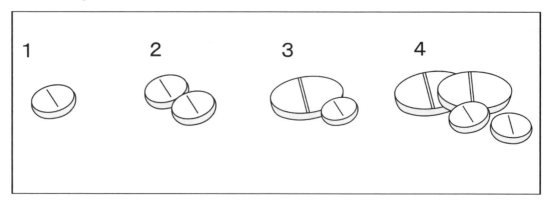

5 ばん 🎧008

6 ばん 🎧009

<table>
<tr>
<td>

1 図書館カード発行申請書

1234567

氏名 木下真理子	☐ M ☐ F
住所 東京都港区芝公園 1−1−1	

| TEL 03-5411-1111 | 携帯電話 090−90001111 |

</td>
<td>

2 図書館カード発行申請書

1234567

氏名 木下真理子	☐ M ☐ F
住所 東京都港区芝公園 1−1−1	

| TEL | 携帯電話 |

</td>
</tr>
<tr>
<td>

3 図書館カード発行申請書

1234567

氏名 木下真理子	☐ M ☐ F
住所 東京都港区芝公園 1−1−1	

| TEL 03-5411-1111 | 携帯電話 |

</td>
<td>

4 図書館カード発行申請書

1234567

氏名 木下真理子	☐ M ☐ F
住所 東京都港区芝公園 1−1−1	

| TEL | 携帯電話 090−90001111 |

</td>
</tr>
</table>

7 ばん 🎧010

1. 38 ページ

2. 39 ページ

3. 40 ページ

4. 41 ページ

8 ばん 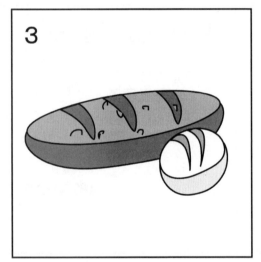011

1 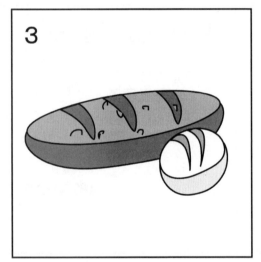	2 
3 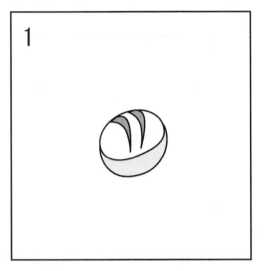	4 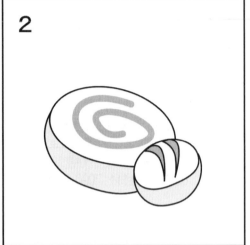

9 ばん 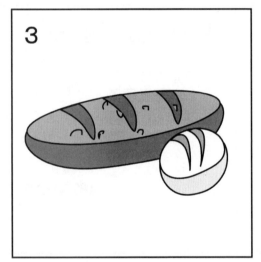012

1. 750 円
2. 850 円
3. 1,080 円
4. 1,230 円

10 ばん 🎧013

	チェックリスト	
☐	**ア** 傘<ruby>（かさ）</ruby>	
☐	**イ** 男の人の服<ruby>（おとこ ひと ふく）</ruby>	
☐	**ウ** 女の人の服<ruby>（おんな ひと ふく）</ruby>	
☐	**エ** 地図<ruby>（ちず）</ruby>	
☐	**オ** 帽子<ruby>（ぼうし）</ruby>	

1. ア、イ、ウ、エ
2. ア、イ、ウ
3. ア、イ、オ
4. ア、ウ、エ、オ

（解答）

1	2	3	4	5	6	7	8	9	10
1	4	1	2	4	4	4	3	2	2

（M：男性　F：女性）

004

1番

解答：1

男の人と女の人が話しています。男の人は何を買いますか。

M：もしもし、今スーパー。せっけん 1 つと牛乳 1 本だよね。

F：それから、豚肉ね。

M：あっ、忘れてた。あのさ、1 個 100 円のせっけん、きょうは 2 個で 160 円だけど、どうする？

F：じゃ、2 つお願い。

M：わかった。

男の人は何を買いますか。

男人和女人正在對話。男人要買什麼呢？

男：喂喂，我現在在超市。要買一塊肥皂和一瓶牛奶吧？
女：還有豬肉。
男：啊，我忘了。對了，一塊 100 圓的肥皂今天兩個 160 圓，你要怎麼買？
女：那就麻煩你買兩個。
男：我知道了。

男人要買什麼呢？

重點解說

　　「あっ、忘れてた」是忘了要買豬肉的意思，所以男人必需去買豬肉。「2 個」和「2 つ」的意思相同，請好好記住數字的說法。

★ 關鍵字：1 つ（一個）、2 つ（兩個）、3 つ（三個）、4 つ（四個）、5 つ（五個）、6 つ（六個）、7 つ（七個）、8 つ（八個）、9 つ（九個）、10（十個）

★ 文法和表現

* 「忘れてた」（忘了）=「忘れていた」。「動詞て形」+「いる」表示動作的持續，「い」可省略。

* 「お願い」（拜託）=「お願いします」，是請求的表現。

2番

女の人と男の人が話しています。これから男の人は何をしますか。

F：ただいま。

M：おかえり。お茶飲む？

F：ありがとう。あれ、部屋きれいね。掃除したの？

M：うん。洗濯もね。じゃ、お茶入れるから、ちょっと待ってて。

F：ありがとう。あっ、ごめん、窓開けて。きょうは風が気持ちいいから。じゃ、お茶は私が入れるわ。

これから男の人は何をしますか。

女人和男人正在對話。男人接下來要做什麼呢？

女：我回來了。

男：你回來啦，要喝茶嗎？

女：謝謝。咦？房間好乾淨喔！你打掃過了嗎？

男：嗯，衣服也洗好了。那我現在去泡茶，等等喔。

女：謝謝。啊，不好意思，開一下窗戶，因為今天的風吹起來很舒服。那茶我來泡好了。

男人接下來要做什麼呢？

重點解說

　　女人拜託男人「窓開けて（＝窓を開けてください）」（開窗戶）。「お茶は私が入れるわ」是表示女人要自己泡茶。打掃和洗衣服因為說了「掃除したの？…うん、洗濯もね（＝洗濯もした）」（你打掃過了嗎？⋯⋯嗯，衣服也洗好了），這裡用的是過去形，所以是已經做好的，而非之後才要做的事。

★ 文法和表現

　　「窓開けて」（請開窗）＝「窓を開けてください」。「動詞て形」＋「ください」是請求的表現。

3番

男の人と女の人が話しています。切符はどうやって買いますか。

F：えっと、切符の買い方は…。

M：どこまでですか。

F：松田です。

M：松田は ２３０円ですね。じゃ、そのボタンを押してください。

F：ああ、お金は後なんですね。

M：いえ、先ですよ。

F：それから、２枚買いたいんですけど。

M：じゃ、 ２３０円を押したら、この２人のボタンを押してください。

F：ありがとうございました。

切符はどうやって買いますか。

男人和女人正在對話。車票要怎麼買？

女：嗯……車票的買法是……

男：請問你要到哪裡呢？

女：松田。

男：到松田是 230 圓。那麼，請按那個按鈕。

女：啊，錢是之後再投吧？

男：不，要先投。

女：然後，我想要買兩張。

男：那麼，按下 230 圓後，請按這個兩位的按鈕。

女：謝謝。

車票要怎麼買呢？

重點解說

　　從「切符の買い方は（どうしたらいいですか）」（車票的買法是（該怎麼做呢））可知其將後半部的問句省略了；而「いえ、（お金が）先ですよ」（不，要先投（錢）），可以得知順序是「投錢→按車票的金額按鈕」。

★ 文法和表現

* 這裡「230 円を押したら」＝「230 円を押してから」（按下 230 元之後）。

* 「いえ」意思同「いいえ」（不）。

* 「2 枚買いたいんですけど」（我想買兩張）句子後面省略了「どうしたらいいですか」（該怎麼做呢）？

4番

解答：2

<ruby>女<rt>おんな</rt></ruby>の<ruby>人<rt>ひと</rt></ruby>と<ruby>男<rt>おとこ</rt></ruby>の<ruby>人<rt>ひと</rt></ruby>が<ruby>話<rt>はな</rt></ruby>しています。<ruby>男<rt>おとこ</rt></ruby>の<ruby>人<rt>ひと</rt></ruby>は<ruby>昼<rt>ひる</rt></ruby>どの<ruby>薬<rt>くすり</rt></ruby>を<ruby>飲<rt>の</rt></ruby>みますか。

F ：<ruby>薬<rt>くすり</rt></ruby><ruby>飲<rt>の</rt></ruby>んだ？

M：<ruby>今<rt>いま</rt></ruby>から<ruby>飲<rt>の</rt></ruby>む。えっと、<ruby>白<rt>しろ</rt></ruby>くて<ruby>小<rt>ちい</rt></ruby>さいのは <ruby>1 <rt>いち</rt></ruby><ruby>日<rt>にち</rt></ruby> <ruby>3 <rt>さん</rt></ruby><ruby>回<rt>かい</rt></ruby>だった？

F ：ちょっと<ruby>待<rt>ま</rt></ruby>って。<ruby>今<rt>いま</rt></ruby>、<ruby>見<rt>み</rt></ruby>るから。うん、そうだよ。<ruby>朝<rt>あさ</rt></ruby>、<ruby>昼<rt>ひる</rt></ruby>、<ruby>晩<rt>ばん</rt></ruby>。<ruby>1 <rt>いっ</rt></ruby><ruby>回<rt>かい</rt></ruby> <ruby>2 <rt>ふた</rt></ruby>つ。
　　　この<ruby>大<rt>おお</rt></ruby>きいのは <ruby>1 <rt>いっ</rt></ruby><ruby>回<rt>かい</rt></ruby> <ruby>1 <rt>ひと</rt></ruby>つで <ruby>1 <rt>いち</rt></ruby><ruby>日<rt>にち</rt></ruby> <ruby>2 <rt>に</rt></ruby><ruby>回<rt>かい</rt></ruby>だから、<ruby>朝<rt>あさ</rt></ruby>と<ruby>夜<rt>よる</rt></ruby>？

M：うん、そう。

F ：じゃ、はい、<ruby>薬<rt>くすり</rt></ruby>と<ruby>水<rt>みず</rt></ruby>。

M：ありがとう。

<ruby>男<rt>おとこ</rt></ruby>の<ruby>人<rt>ひと</rt></ruby>は<ruby>昼<rt>ひる</rt></ruby>どの<ruby>薬<rt>くすり</rt></ruby>を<ruby>飲<rt>の</rt></ruby>みますか。

女人和男人正在對話。男人中午要吃哪種藥？

女：藥吃了嗎？
男：現在正要吃。嗯⋯⋯白色小顆的是一天吃三次嗎？
女：等一下，我現在看。嗯，沒錯。早上、中午、晚上，一次吃兩顆。
　　這個大顆的是一次一顆、一天吃兩次，所以是早上和晚上吃嗎？
男：嗯，對。
女：那，給你藥和水。
男：謝謝。

男人中午要吃哪種藥？

重點解說
　　大的藥是早晚各一顆，中午不用吃。「<ruby>晚<rt>ばん</rt></ruby>」和「<ruby>夜<rt>よる</rt></ruby>」發音雖然不同，但意思相同，請一起記下來。

★ 文法和表現：

　　肯定對方說的話，可以用「そうだよ」（對啊）或是「うん、そう＝はい、そうです」（是的，沒錯）。

008

5番

解答：4

<ruby>女<rt>おんな</rt></ruby>の<ruby>人<rt>ひと</rt></ruby>と<ruby>男<rt>おとこ</rt></ruby>の<ruby>人<rt>ひと</rt></ruby>が<ruby>話<rt>はな</rt></ruby>しています。<ruby>男<rt>おとこ</rt></ruby>の<ruby>人<rt>ひと</rt></ruby>ははじめに<ruby>何<rt>なに</rt></ruby>をしますか。

F ：みなさん、おはようございます。きょうの<ruby>教室<rt>きょうしつ</rt></ruby>は <ruby>507 <rt>ごぜろなな</rt></ruby><ruby>教室<rt>きょうしつ</rt></ruby>です。

M：すみません。本はどこで買いますか。

F：506 教室で買ってください。でも、その前に 1 階で封筒をもらってください。大きくて黄色い封筒です。

M：はい。あのう、この近くにコンビニがありますか。

F：はい、この学校の向かいにありますが。どうしたんですか？

M：ペンを忘れたので。

F：では、これをどうぞ。

M：すみません。じゃ、貸してください。

男の人ははじめに何をしますか。

女人和男人正在對話。男人一開始要先做什麼？

女：大家早安。今天的教室是 507。
男：不好意思，請問書要去哪裡買？
女：請去 506 教室買。不過在那之前，請先去一樓拿信封，大的黃色信封。
男：好。請問，這附近有便利商店嗎？
女：有，在這所學校的對面。怎麼了嗎？
男：因為我忘記帶筆了。
女：那，請用這個。
男：真不好意思，那請先借我用。

男人一開始要先做什麼？

重點解說

　　遇到「順序」的題目時請注意「その前に」等表示順序的詞彙。「（本は）506 教室で買ってください。でも、その前に 1 階で封筒をもらってください」（書請去 506 教室買。不過在那之前，請先去一樓拿信封），因此要先去一樓。

★ 文法和表現：

* 「1 階で封筒をもらってください」（請去一樓拿信封）：「動詞て形」＋「ください」是指示的表現。

* 「これをどうぞ」是「（このペン）をどうぞ（使ってください）」（請用這支筆）的省略。

009

 6番

解答：4

男の人と女の人が話しています。女の人は何を書きましたか。

M：この図書館に来るのは初めてですか。

F ：はい。

M ：では、ここに名前と住所と電話番号を書いてください。

F ：あのう、家に電話がないので、書かなくてもいいですか。

M ：携帯電話の番号でもいいですよ。ここにお願いします。

F ：はい。

M ：これで結構です。こちらが図書館のカードです。

女の人は何を書きましたか。

男人和女人正在對話。女人寫了什麼？

男：第一次來這間圖書館嗎？
女：對。
男：那，請在這裡寫下姓名、住址和電話號碼。
女：請問，因為我家裡沒有電話，不寫也沒關係嗎？
男：寫手機號碼也可以喔！請寫在這裡。
女：好。
男：這樣就可以了，這是圖書館的借閱證。

女人寫了什麼？

重點解說

　　男人說「携帯の電話番号でもいいですよ」（手機號碼也可以喔），女人回答了「はい」（好），所以可以得知女人寫的是手機號碼。

★ 文法和表現：

* 「書かなくてもいいですか」（不寫也沒關係嗎？）：「書かなくてもいい」是「不需要寫」的意思，與「書かなくても大丈夫」意思相同。

* 「携帯電話の番号でもいいですよ」（手機號碼也可以喔）：表示「雖然不是最好的選擇，不過也沒關係」的讓步表現。

 010

7番

解答：4

先生と学生が話しています。この女の子のきょうの宿題はどれですか。

M ：きょうの宿題は 38 ページから 41 ページです。そこの会話をぜんぶ覚えてください。

F ：ええ！ぜんぶですか？あした佐藤先生と木村先生のテストがあります。

M：そう。じゃ、男の子の1番から10番の人は 38ページ、11番から20番の人は 39ページ、女の子の 21番から 30番の人は40ページ、 31番から40番の人は 41ページを覚えてください。山田さんは 38番だから。

F ：はい、わかりました。

この女の子のきょうの宿題はどれですか。

1. 38ページ
2. 39ページ
3. 40ページ
4. 41ページ

老師和學生正在對話。這個女生今天的作業是什麼？

男：今天的作業是從38頁到41頁。請把裡面的對話全部背起來。

女：咦！全部嗎？明天有佐藤老師和木村老師的考試。

男：這樣啊？那，男生從1號到10號背38頁，11號到20號背39頁，女生21號到30號背40頁，31號到40號的人背41頁。山田你是38號。

女：好的，我知道了。

這個女生今天的作業是什麼？
1. 第38頁
2. 第39頁
3. 第40頁
4. 第41頁

重點解說
　　山田是38號，所以只要背「31番から40番の人」（從31號到40號的人）要背的會話就可以了。

011

8番

解答：3

お店の人と男の人が話しています。男の人はどれを買いましたか。

M：すみません。このパンは甘いですか。

F ：そちらの小さくて丸いのですね。甘くておいしいですよ。

M：甘くないのはありますか。

F ：そちらの大きくて丸いパンは甘くありません。細くて長いパンはちょっと辛い

です。

M：じゃ、その甘^{あま}いパンを1つと辛^{から}いパンを1つください。

F：はい。ありがとうございます。

男^{おとこ}の人^{ひと}はどれを買^かいましたか。

店員和男人正在對話。男人買了哪個？

男：不好意思，請問這個麵包是甜的嗎？
女：那個小小的圓形的嗎？甜甜的很好吃喔！
男：有沒有不甜的？
女：那個大大的圓形的麵包不甜。細細長長的麵包有一點辣。
男：那，請給我一個那個甜的和一個辣的。
女：好的，謝謝惠顧。

男人買了哪個？

重點解說

　　遇到有圖的問題，可以邊聽邊在圖上直接做筆記，這樣一來即使對話中最後沒說出麵包的形狀，但從「その甘^{あま}いパンを1^{ひと}つと辛^{から}いパンを1つください」（請給我一個那個甜的和一個辣的麵包）也可以馬上知道答案。

★ 文法和表現

* 「甘_{あま}<u>く</u>ておいしいですよ」（甜甜的很好吃喔）：「形容詞 -い<u>くて～</u>」，使用在形容詞與形容詞並列時。

* 「辛_{から}いパンを1_{ひと}つください」（請給我一個辣的麵包）：「（名詞）を（個數）ください」是買東西或訂購物品時的說法。

012

9番

解答：2

男^{おとこ}の人^{ひと}とお店^{みせ}の人^{ひと}が話^{はな}しています。男^{おとこ}の人^{ひと}はいくら払^{はら}いますか。

M：すみません。このボールペンを4本^{よんほん}とそのノートを3冊^{さんさつ}ください。

F：はい。これは1冊^{いっさつ}110円^{ひゃくじゅうえん}です。こちらはいつもは1本^{いっぽん}105円^{ひゃくごえん}ですが、きょうは3本^{さんぼん}260円^{にひゃくろくじゅうえん}です。

M：どうしようかな。じゃ、6本^{ろっぽん}ください。

F：はい、ありがとうございます。

男の人はいくら払いますか。

1. ７５０円
2. ８５０円
3. 108０円
4. １２３０円

男人和店員正在對話。男人要付多少錢？

男：不好意思，請給我四支這個原子筆和那個筆記本三本。

女：好的。這個一本 110 圓。這個平常是一支 105 圓，今天三支 260 圓。

男：怎麼辦呢……那麼，請給我六支。

女：好的，謝謝您。

男人要付多少錢？

1. 750 圓
2. 850 圓
3. 1080 圓
4. 1230 圓

重點解說

「いつもは 1 本 105 円ですが、きょうは 3 本 260 円です」（平常是一支 105 圓，今天三支 260 圓）。今天原子筆 3 支是 260 圓，所以 6 支是兩倍的價錢 520 圓，260 圓 ×2 ＋ 110 圓 ×3 本＝ 850 圓。

筆記本的數法是「冊」。「～本」用來表現雨傘或瓶子等細長的東西，「1 本、6 本、8 本、10 本」要唸半濁音的「っぽん」，「3 本、何本」是濁音的「ぼん」，其他則是「数字＋ほん」。

★ 文法和表現

* 冊：書、筆記本、相本等的單位量詞。

* 本：雨傘或瓶子等細長的東西的單位量詞，也可用來計算褲子、牙齒等等。要注意依數量的不同，唸法也有所變化。

1）～っぽん：1 本（いっぽん）、6 本（ろっぽん）、8 本（はっぽん）、10 本（じゅっぽん）

2）～ぼん：3 本（さんぼん）、何本（なんぼん）

3）～ほん：2 本（にほん）、4 本（よんほん）、5 本（ごほん）、7 本（ななほん）、9 本（きゅうほん）

10 番

男の人と女の人が話しています。女の人はかばんに何を入れましたか。

M：かばんに傘、入れた？

F：うん。入れたよ。2本。服も大丈夫。

M：僕の服も入れた？

F：もちろん。

M：地図は？旅行にいるから、忘れないでよ。

F：ああ、まだだった。今、入れるね。帽子は？

M：それは、今、かぶる。あっ、ごめん。地図も入れないで。

F：わかった。

女の人はかばんに何を入れましたか。

男人和女人正在對話。女人在包包裡裝了什麼？

男：雨傘放進包包裡了嗎？
女：嗯，放進去了，帶了兩支。衣服也好了。
男：我的衣服也放進去了？
女：當然。
男：地圖呢？旅行會需要，不要忘了喔！
女：啊，還沒！我現在放。帽子呢？
男：那個，我現在戴好了。啊，抱歉，地圖也不要放進去。
女：我知道了。

女人在包包裡裝了什麼？

重點解說

　　因為說了「（帽子は）今、かぶる」（帽子是現在要戴）、「地図も入れないで」（地圖也不要放進去），所以帽子和地圖都不用放進去。

★ 文法和表現

* 「地図も入れないで」＝「地図も入れないでください」：要求對方不要做某動作的表現。

* 「入れる」「入れた」：還沒放進去的話會使用「入れる」，已經放進去包包內的話則會使用過去形的「入れた」。

もんだい 問題 2 ▷ 重點理解

❗ 考你什麼？

　　問題 2 要你像偵探一樣找出事情真正的原因、理由或對象等，所以最常問你「どうして？」

　　你會先聽到問題，然後看到試題本上的文字選項，所以一開始聽的時候一定要先迅速地掌握住問的到底是時間、地點還是原因理由等，再來刪除不對的選項。

🔊 要注意什麼？

✔ 正式考試時試題播放前有例題，注意例題不需作答。

✔ 問題重點擺在事情發生的原因或理由。

✔ 也可能問心理因素，例如生氣的理由等等。

↩ 答題流程

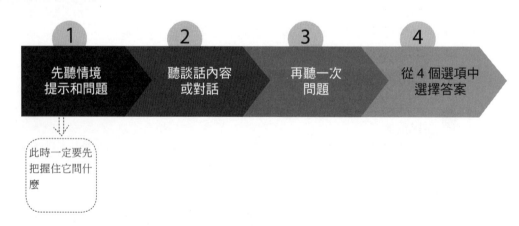

1	2	3	4
先聽情境提示和問題	聽談話內容或對話	再聽一次問題	從 4 個選項中選擇答案

此時一定要先把握住它問什麼

もんだい2

　もんだい2では　はじめに、しつもんを　きいて　ください。
それから　はなしを　きいて、もんだいようしの　1から4のなかか
ら、ただしい　こたえを　ひとつ　えらんで　ください。

1ばん 🎧015

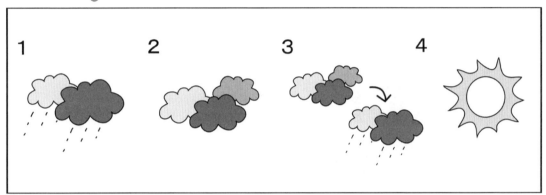

2ばん 🎧016

1	2	3	4
あい	アイ子	愛	あい子

3 ばん 017

1. 4日朝8時
2. 4日夜8時
3. 8日朝8時
4. 8日夜8時

4 ばん 018

1	2

3	4

5 ばん 019

1. バスの時間を知らなかったから
2. 天気が悪かったから
3. 病気だったから
4. 自転車で来たから

6 ばん 020

7 ばん 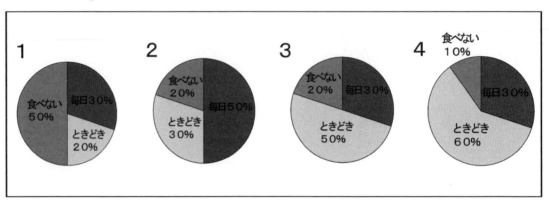 021

8 ばん 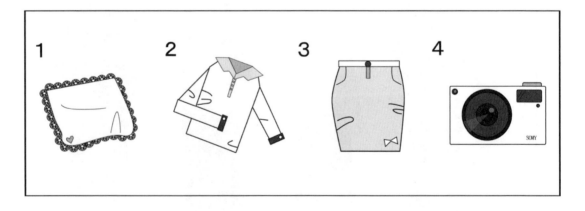 022

9 ばん 🎧023

1	2

3	4
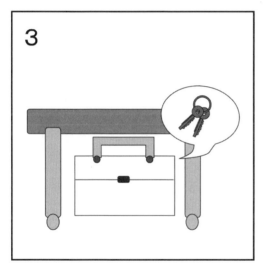	

10 ばん 🎧024

1. 1時15分
2. 1時30分
3. 1時45分
4. 2時

問題 2　スクリプト詳解

（解答）

1	2	3	4	5	6	7	8	9	10
4	4	3	4	1	2	3	2	4	1

🎧015

1番

解答：4

女の人と男の人が話しています。あさっての朝の天気はどれですか。

M：毎日雨だね。あしたも雨？

F：朝は雨ね。でも、午後からは晴れるわよ。

M：よかった。じゃ、日曜日は野球ができるな。

F：でも、天気がいいのはあさってのお昼までよ。

M：午後からはまた雨？

F：えっと、お昼からお天気が悪くなって、夜は雨。

M：そうか。でも、曇のほうが暑くないから、いいや。

あさっての朝の天気はどれですか。

女人和男人正在對話。後天早上的天氣是哪一種呢？

男：每天都在下雨呢，明天也會下雨嗎？
女：早上會下雨，不過下午就會放晴了。
男：太好了！那星期天可以打棒球了！
女：但是好天氣只到後天的中午喔！
男：下午又要開始下雨了嗎？
女：嗯～中午開始天氣會變差，晚上會下雨。
男：這樣啊，不過陰天比較涼快，也好啦！

後天早上的天氣是哪一種呢？

> **重點解說**
> 　　題目問的是「あさっての朝の天気」（後天早上的天氣）。聽解「問題2」類型主要是測驗你是否能抓到該聽的重點，所以問題要先聽清楚，如此一來，聽到「天気がいいのはあさっての昼まで」（好天氣只到後天的中午）就知道答案了。
>
> ★ 文法和表現
> 　　「お昼からお天気が悪くなって、夜は雨」：「形容詞 -いくなる」，表示變化。

2番

解答：4

女の人と男の人が話しています。女の人の子供の名前はどれですか。

M： それ、子供さんの写真ですか？かわいいですね。

F： ありがとうございます。先月 3 つになりました。

M： お名前は？

F： あい子です。

M： あいちゃんか。名前もかわいいですね。平仮名であいこちゃんですか。

F： あいは平仮名で、子は漢字で書きます。

女の人の子供の名前はどれですか。

女人和男人正在對話。女人的孩子的名字是哪一個？

男：那是你小孩的照片嗎？真可愛呢！

女：謝謝。上個月滿三歲了。

男：叫什麼名字？

女：「あい子」。

男：「愛子」呀，名字也好可愛。是用平假名寫的「あいこ」嗎？

女：「あい」是用平假名，「子」是用漢字寫的。

女人的孩子的名字是哪一個？

重點解說

　　要記住平假名（平仮名）和片假名（片仮名）的日文說法，其它如「漢字」及「ローマ字」等也很常出現在考題中。

★ 文法和表現

　　*「3 つに<u>なりました</u>」：「～になる」，表示變化。

　　*「3 つ」：描述年齡時，「3 歳」「3 つ」兩種說法都可以。

3番

解答：3

男の人と女の人が話しています。2人はいつ映画に行きますか。

M：きのう映画の切符もらったんだ。いっしょに行かない？

F：いいけど、いつ？

M：8日の8時。

F：夜？

M：ううん、午前8時。

F：わかった。

2人はいつ映画に行きますか。

1. 4日朝8時
2. 4日夜8時
3. 8日朝8時
4. 8日夜8時

男人和女人正在講話。兩個人什麼時候要去看電影？

男：昨天拿到了電影票。要不要一起去？

女：好啊，什麼時候？

男：8號的8點。

女：是晚上嗎？

男：不是，是早上8點。

女：我知道了。

兩個人什麼時候要去看電影？
1. 4號早上8點
2. 4號晚上8點
3. 8號早上8點
4. 8號晚上8點

重點解説

　　「8 日」和「4 日」發音很相似，要多注意。對於「夜？」（是晚上嗎？）得到的回答是「ううん」（不是），所以可以得知不是晚上。也要注意分辨「うん」（嗯）和「ううん」（不是）。

★ 文法和表現：「いっしょに行かない？」＝「いっしょに行きませんか」，為邀請時的表現。

018

4番

解答：4

女の人が話しています。女の人が話しているのはどれですか。

F：これが健太君です。みなさんと同じ 1 年生です。いつも短いズボンをはいています。右手を元気に上にあげていますね。健太君はスポーツも勉強も大好きな犬です。

女の人が話しているのはどれですか。

　　女人正在說話。女人說的是哪個圖呢？

　　女：這是健太，跟大家一樣是一年級。他總是穿著短褲。他很有精神地舉著右手呢！健太是隻很喜歡運動也很喜歡讀書的狗狗。

　　女人說的是哪個圖呢？

重點解説

　　看圖時，要注意圖中左右的方向。

★ 文法和表現：

　　「ズボンをはいています」：穿褲子、裙子、鞋子等腰部以下的衣物時的動詞為「はく」，穿襯衫、外套等腰部以上的衣物或是和服、西裝等覆蓋全身的衣物時動詞為「着る」。

019

5番

解答：1

男の人と女の人が話しています。男の人はどうして授業に来ませんでしたか。

F：きのうの英語のクラス、どうして来なかったの？かぜ？

M：そうじゃないよ。きのう雨だったでしょう。

F ： それで来なかったの？

M ： 違うよ。いつもは自転車だから、バスの時間がわからない。

　　　大学には来たけど、バスを 1 時間待ったから。

F ： 何時に着いたの？

M ： 10 時。授業は 10 時までだから…。

男の人はどうして授業に来ませんでしたか。

　1. バスの時間を知らなかったから

　2. 天気が悪かったから

　3. 病気だったから

　4. 自転車で来たから

　　男人和女人正在講話。男人為什麼沒有來上課？

　女：昨天的英文課，為什麼沒來呢？是感冒嗎？

　男：並不是。昨天下雨對吧？

　女：就因為那樣所以不來？

　男：不是啦，平常都騎腳踏車去，所以不知道公車的時間。

　　　雖然是有到學校啦，不過因為等公車等了一個小時。

　女：幾點到的呢？

　男：十點。而課十點結束……

　男人為什麼沒有來上課？

　　1. 因為不知道公車的時間

　　2. 因為天氣不好

　　3. 因為生病了

　　4. 因為騎腳踏車來了

重點解說

　　和「いいえ」（不是）相同的回答還有「ううん」「そうじゃない（よ）」「違う（よ）」。

★ 文法和表現：

　　　「バスを 1 時間待った<u>から</u>」（因為等公車等了一個小時）：「から」表示理由。

6番

解答：2

女の人と男の人が話しています。女の人の弟はどの人ですか。

F：あっ、弟だ。それから、山下君も。山下君、きょうは帽子かぶってる。

M：山下君…？ああ、テニスが上手な？あの背が一番高い人？

F：ううん。

M：ああ、あの人か。

F：そう。それから、その隣が弟。山下君よりちょっと背が高い。

M：メガネをかけてる人だね。

F：うん。

女の人の弟はどの人ですか。

女人和男人正在對話。女人的弟弟是哪一個？

女：啊，是我弟弟。還有山下。山下今天戴著帽子。
男：山下……？啊，是那個網球打得很好的？那個最高的人？
女：不是。
男：啊，是那個人嗎？
女：沒錯。然後他旁邊的是我弟弟，比山下高一點。
男：是戴著眼鏡的人對吧？
女：嗯

女人的弟弟是哪一個？

重點解說

　　「（弟は）山下君よりちょっと背が高い」（我弟弟比山下高一點）的「～より」（比起）是比較的對象，也就是弟弟的身高比較高。

★ 文法和表現：

　　「きょうは帽子かぶってる」（今天戴著帽子）／「メガネをかけてる人だね」（是戴著眼鏡的人對吧？）：「動詞て形＋る」＝「動詞て形＋いる」，表示現在的狀態，「い」可省略。

7番

解答：3

男の人と女の人が話しています。2人はどれを見て話していますか。

M：あっ、また野菜食べてない。

F：でも、私だけじゃないよ。毎日野菜を食べる人は 3 人に 1 人だよ。

M：ほんとだね。でも、時々食べる人のほうが食べない人より多いよ。

F：それでも半分だけでしょう。食べない人も 5 人に 1 人。じゃ、ごちそうさま。

M：だめだよ。野菜食べて！

F：いってきまーす。

2人はどれを見て話していますか。

男人和女人正在對話。兩個人是看著哪個圖在說話呢？

男：啊，又不吃蔬菜了。
女：又不是只有我這樣，每天都吃蔬菜的人三個人裡面只有一個人。
男：真的耶！不過偶爾吃的人比完全不吃的人多喔！
女：那也只佔了一半吧！都不吃的人也是五個裡面就有一個。我吃飽了喔！
男：不行不行，吃蔬菜！
女：我出門了喔～

兩個人是看著哪個圖在說話呢？

重點解說

「時々食べる人のほうが食べない人より多いよ」（偶爾吃的人比完全不吃的人多喔）這句話看起來很複雜，但將「時々食べる人のほうが多い」（偶爾吃的人比較多）、「食べない人より」（比起不吃的人）兩部分分開來看的話就比較容易理解。

★ 文法和表現

* 「食べる人のほうが食べない人より多いよ」（吃的人比完全不吃的人多喔）：「AのほうがBより多い」（A比B多），重要的資訊在「Aのほうが多い」，「Bより」只是比較的對象。
* 「2、3 人に 1 人」：「に」表示所佔的比例。

8番

解答：2

女の人と男の人が話しています。女の人は去年の誕生日に友達から何をもらいましたか。

M：お誕生日おめでとう。はい、プレゼント。

F：ありがとう。わあ、きれいなハンカチ。

M：あれ？その服は見たことがないな。買ったの？

F：ううん、このスカートとシャツは1年前の誕生日にもらったの。スカートは母にもらったの。シャツは学校の友達がくれたの。ねえ、いっしょに写真撮らない？

M：いいね。そのカメラも誕生日のプレゼント？

F：これは去年旅行に行く時に買ったの。

M：へえ、いいカメラだね。

女の人は去年の誕生日に友達から何をもらいましたか。

女人和男人正在對話。女人去年生日朋友送她什麼？

男：生日快樂！這個禮物送你！
女：謝謝。哇，好漂亮的手帕。
男：咦？這件衣服沒看過呢，買的嗎？
女：不是，這件裙子和襯衫是一年前的生日得到的。裙子是去年媽媽送的，襯衫是去年學校的朋友送的。喂，要不要一起照張相？
男：好啊！這個相機也是生日禮物？
女：這個是去年去旅遊的時候買的。
男：喔～這台相機真不錯。

女人去年生日朋友送她什麼？

重點解說

「去年の誕生日」（去年的生日）和「1年前の誕生日」（一年前的生日）意義相同；「友達にもらった」（我從朋友那得到）和「友達がくれた」（朋友給我）意思也一樣。

★ 文法和表現

* 「（私は）友達にもらった」（我從朋友那得到）=「友達が（私に）くれた」（朋友給我）。

* 「はい、プレゼント」：這裡的「はい」是要將物品交給對方時的說法。

9番

<ruby>男<rt>おとこ</rt></ruby>の<ruby>人<rt>ひと</rt></ruby>と<ruby>女<rt>おんな</rt></ruby>の<ruby>人<rt>ひと</rt></ruby>が<ruby>話<rt>はな</rt></ruby>しています。かぎはどこにありましたか。

M：いってきます。あれ？かぎがない。

F：その<ruby>引<rt>ひ</rt></ruby>き<ruby>出<rt>だ</rt></ruby>しの<ruby>中<rt>なか</rt></ruby>は？

M：いつもはここだけど、ない。ソファの<ruby>上<rt>うえ</rt></ruby>にもないな。

F：ズボンのポケットやかばんの<ruby>中<rt>なか</rt></ruby>は？

M：きのうもこのズボンだったけど、ない。ああ、きのうのかばんの<ruby>中<rt>なか</rt></ruby>だ。

F：どのかばん？

M：その<ruby>黒<rt>くろ</rt></ruby>くて<ruby>大<rt>おお</rt></ruby>きいの。<ruby>机<rt>つくえ</rt></ruby>の<ruby>下<rt>した</rt></ruby>の。

F：これね。はい。

M：ああ、あった。

かぎはどこにありましたか。

男人和女人正在對話。鑰匙在哪裡呢？

男：我出門了喔。咦？鑰匙不見了！
女：沒有在那個抽屜裡嗎？
男：平常都在這裡，不過沒有。也不在沙發上。
女：褲子的口袋或包包裡呢？
男：昨天也是穿這件褲子呀，沒有！啊，在昨天的包包裡！
女：哪個包包？
男：那個黑色大的。在桌子下。
女：是這個吧？給你。
男：啊、有了！

鑰匙在哪裡呢？

重點解說

出題時常出現「<ruby>黒<rt>くろ</rt></ruby>」、「<ruby>白<rt>しろ</rt></ruby>」，由於發音相似，小心不要弄錯了喔！

★ 文法和表現：

「ああ、あった」：「あった」（有了）是找到東西時常用的說法。

10番

男の人と女の人が話しています。今、何時ですか。

F：きょうは友達と会うんでしょう？何時に会うの？

M：2時。学校まで30分だから、まだ大丈夫。

F：そう、じゃ、あと15分あるわね。

M：うん。

今、何時ですか。

1. 1時15分
2. 1時30分
3. 1時45分
4. 2時

男人和女人正在對話。現在是幾點？

女：今天要和朋友見面對吧？幾點見面呢？
男：2點。到學校只要30分鐘，還來得及。
女：這樣嗎？那還有15分鐘。
男：嗯。

現在是幾點？

1. 1點15分
2. 1點30分
3. 1點45分
4. 2點

重點解說

約定的時間是2點，而到學校所需的時間是半小時，故預計1點半出門。可以從「あと15分あるから」（還有十五分鐘）得知現在的時間。

★ 文法和表現：

「あと15分ある」：用來表示剩餘的時間或個數。

問題1

問題2

問題3

問題4

⚠ 考你什麼？

　　問題 3 是一個新型態考題，沒有在以前的考試出現過。這個題型考的是在不同場合和狀況下的發話能力。測驗的內容主要針對問候、請求、要求許可等表現，依照場合和狀況，判斷說出哪個句子才是適當的。

　　圖示會畫出問題的情境，並用箭頭指出發話者。題目開始時會提示你情境，並問你在那個情境下，圖中箭頭指的人物「何と言いますか」（這時要說什麼呢？）之後要聽 3 個選項，並從中選出適合情境的發話，所以在這個大題掌握情境是非常重要的。

🔊 要注意什麼？

✔正式考試時試題播放前有例題，注意例題不需作答。

✔提問和選項都很短，務必集中精神仔細聆聽。

✔這個題型答案的選項只有 3 個。試題本上沒有文字，必須用聽的來選擇。

↻ 答題流程

1
一邊看試題本上的圖
一邊聽提問

2
針對圖和提問提示的情境，
從 3 個選項中選出最適宜的答案

もんだい 3

　もんだい 3 では、えを　みながら　しつもんを　きいて　ください。それから、ただしい　こたえを　1から3の　なかから　ひとつ　えらんで　ください。

1 ばん 🎧026

2 ばん 🎧027

3 ばん 🎧028

4 ばん 🎧029

5 ばん  030

6 ばん  031

7 ばん 032

8 ばん 033

9 ばん

10 ばん

（解答）

1	2	3	4	5	6	7	8	9	10
1	3	2	2	3	1	3	1	2	3

🎧026

1番

解答：1

朝、友達に会いました。何と言いますか。

1. おはよう。

2. こんにちは。

3. こんばんは。

早上見到朋友，這時要說什麼？
1. 早安。
2. 你好。
3. 晚安。

重點解說

「おはよう」是早上的常用招呼語。

🎧027

2番

解答：3

友達の家へ行きました。何と言いますか。

1. しつれいします。

2. ごめんなさい。

3. ごめんください。

去了朋友的家，這時要說什麼？
1. 打擾了。
2. 對不起。
3. 有人在嗎？

重點解說

　　「失礼します」是進入別人家玄關、或是要進入身分地位較高的人（如上司、長輩）的房間時所使用的招呼語。「ごめんください」是拜訪別人家站在門口按門鈴或敲門時的招呼語，和「ごめんなさい」的發音很相似，要多注意。

3番

解答：2

友達_{ともだち}にプレゼントをあげます。何_{なん}と言_いいますか。

1. これ、誕生日_{たんじょうび}のプレゼント。どうも。

2. これ、誕生日_{たんじょうび}のプレゼント。どうぞ。

3. これ、誕生日_{たんじょうび}のプレゼント。どう？

要送禮物給朋友，這時要說什麼？
1. 這個是生日禮物，謝謝。
2. 這個是生日禮物，請笑納。
3. 這個是生日禮物，怎麼樣呢？

 重點解說

「どうも」是「どうもありがとうございます」的簡略說法。

4番

解答：2

お店_{みせ}の人_{ひと}に聞_ききます。何_{なん}と言_いいますか。

1. これ、いくつですか。

2. これ、いくらですか。

3. これ、どのくらいですか。

要請問店員，這時要說什麼？
1. 這個有多少？
2. 這個要多少錢？
3. 這個大概多少？

 重點解說

「どのくらいですか」單獨出現時語意不明確，前面需加上主語才會具體，例如「重_{おも}さはどのくらいですか」（重量是多少呢？）。

問題1

問題2

問題3

問題4

030

解答：3

5番

友達_{ともだち}がかぜです。友達_{ともだち}に何_{なん}と言_いいますか。

1. 大変_{たいへん}ですね。
2. お元気_{げんき}ですか。
3. 大丈夫_{だいじょうぶ}ですか。

朋友感冒了，這時要對朋友說什麼？
1. 真辛苦。
2. 你好嗎？
3. 你還好嗎？

重點解說
「お元気_{げんき}ですか」是和許久未見的朋友的招呼用語。

031

解答：1

6番

テストです。先生_{せんせい}に聞_ききます。何_{なん}と言_いいますか。

1. 鉛筆_{えんぴつ}で書_かいてもいいですか。
2. 鉛筆_{えんぴつ}で書_かいてはいけません。
3. 鉛筆_{えんぴつ}で書_かくことができます。

考試時問老師，這時要說什麼？
1. 可以用鉛筆寫嗎？
2. 不可以用鉛筆寫。
3. 可以用鉛筆寫。

重點解說
「鉛筆_{えんぴつ}で書_かいてもいいですか」（可以用鉛筆寫嗎？）是徵求許可時的說法。

★ 文法和表現：

* 「動詞（て形）もいいですか」＝「動詞（て形）もいい？」：徵求許可的表現。

* 「動詞（て形）はいけません」＝「動詞（て形）はいけない」：表示禁止。

* 「動詞（字典形）ことができます」＝「動詞（字典形）ことができる」：表示能力、可能性。

7番

解答：3

先生のかばんはとても<ruby>重<rt>おも</rt></ruby>いです。あなたは先生を<ruby>手伝<rt>てつだ</rt></ruby>いたいです。<ruby>何<rt>なん</rt></ruby>と<ruby>言<rt>い</rt></ruby>いますか。

1. <ruby>持<rt>も</rt></ruby>ってもらいませんか。

2. <ruby>持<rt>も</rt></ruby>ちませんか。

3. <ruby>持<rt>も</rt></ruby>ちましょうか。

老師的包包很重，你想要幫忙老師，這時要說什麼？
1. 要不要請別人拿？
2. 不拿嗎？
3. 我來幫你拿吧！

重點解說

選項 3 的「<ruby>持<rt>も</rt></ruby>ちましょうか」是要幫助人的時候的說法。

★ 文法和表現

* 「動詞（て形）もらいませんか」：請某人幫忙做某事。例如：

A：この<ruby>文法<rt>ぶんぽう</rt></ruby>がわからないんだけど。（我不懂這個文法。）

B：わたしもわからないんだ。ねえ、<ruby>先生<rt>せんせい</rt></ruby>に<ruby>教<rt>おし</rt></ruby>えてもらいませんか。

（我也不懂，那去請老師教我們吧？）

A：そうだね。（好啊。）

* 「<ruby>持<rt>も</rt></ruby>ちませんか」（不拿嗎？）：勸誘、邀請或詢問的表現。例如：「プールに<ruby>行<rt>い</rt></ruby>きませんか」（你要不要去游泳？）

* 「<ruby>持<rt>も</rt></ruby>ちましょうか」（我來幫你拿吧！）：表示想幫忙對方。

8番

解答：1

<ruby>お客<rt>きゃく</rt></ruby>さんは<ruby>名前<rt>なまえ</rt></ruby>を<ruby>書<rt>か</rt></ruby>かなければなりません。ホテルの<ruby>人<rt>ひと</rt></ruby>は<ruby>お客<rt>きゃく</rt></ruby>さんに<ruby>何<rt>なん</rt></ruby>と<ruby>言<rt>い</rt></ruby>いますか。

1. こちらに<ruby>お名前<rt>なまえ</rt></ruby>を<ruby>書<rt>か</rt></ruby>いてください。

2. こちらに<ruby>お名前<rt>なまえ</rt></ruby>を<ruby>書<rt>か</rt></ruby>いてもらいませんか。

3. こちらに<ruby>お名前<rt>なまえ</rt></ruby>を<ruby>書<rt>か</rt></ruby>いて<ruby>お願<rt>ねが</rt></ruby>いします。

客人必需寫名字，這時飯店的員工要對客人說什麼呢？
1. 請在這裡寫您的名字。

問題1

問題2

問題3

問題4

2. 要不要請別人寫名字？

3. 麻煩您在這裡寫您的名字。（錯誤說法）

重點解說

　　沒有選項 3 的用法（錯誤句型）。

　　★ 文法和表現：「動詞（て形）＋ください」：拜託別人幫忙時的說法。

034

9 番

解答：2

男の人は友達といっしょにビールが飲みたいです。何と言いますか。

1. ビール飲んでもいい？

2. ビール飲まない？

3. わたしとビールが飲みたい？

　男人想和朋友喝啤酒，這時要說什麼？
　1. 我可以喝啤酒嗎？
　2. 要不要喝啤酒？
　3. 想和我喝啤酒嗎？

重點解說

　　「飲まない？」、「飲みませんか」（要不要喝酒？）是邀約時的說法，後者比前者更有禮貌。

　　★ 文法和表現：

　　　「飲みたいですか」＝「飲みたい？」：「たい」表示希望、願望，但不使用在邀請的時候，特別是對身分地位比較高的對象。

035

10 番

解答：3

ここでタバコを吸うことができません。何と言いますか。

1. ここでタバコを吸うことはいけません。

2. ここでタバコを吸わなければなりません。

3. ここでタバコを吸わないでください。

這裡不能抽菸，這時要說什麼？

1. 這裡不能吸菸。（錯誤說法）

2. 在這裡一定要吸菸。

3. 請不要在這裡吸菸。

重點解說

　　「吸わないでください」是禁止、希望對方不要這樣做時的說法。沒有「動詞（字典形）ことはいけない」的用法，所以選項是 1 是不對的用法。

★ 文法和表現

　*「～＋ないでください」：「請不要～」請求對方不要做某動作。

　*「～なければなりません」＝「～なければならない」：「不～不行」「一定要～」表示有義務或必需去做某動作。

！ 考你什麼？

　　問題 4 跟**問題** 3 一樣是新型態的考題，沒有在以前的考試出現過。和**問題** 3 不同的是**問題** 3 選擇的是「發話」，**問題** 4 選擇的則是「回應」。

　　這個題型的題目主題全部都是非常簡短且生活化的對話，要你「應答」，也就是考你能否作出適當的回應。它的對話可能只有一、兩句話，要你立即針對它的發話，從選項中選出適當的回應！

🔊 要注意什麼？

✔正式考試時試題播放前有例題，注意例題不需作答。

✔對話很短，務必集中精神仔細聆聽。

✔這個題型答案的選項只有 3 個。試題本上沒有文字，必須用聽的來選擇。

↻ 答題流程

1 注意聽對話，可能只有簡短的一句或兩句

2 針對它的發話選擇回應。從 3 個選項中選出最適宜的答案

もんだい 4

　もんだい 4 には、えなどが　ありません。ぶんを　きいて、1 から
3 の　なかから　ただしい　こたえを　ひとつ　えらんで　ください。

1 ばん 🎧037

- -

2 ばん 🎧038

- -

3 ばん 🎧039

- -

4 ばん 🎧040

5 ばん 🎧041

6 ばん 🎧042

7 ばん 🎧043

8 ばん 🎧044

9 ばん 🎧045

10 ばん 🎧046

11 ばん 🎧047

12 ばん 🎧048

13 ばん 🎧049

14 ばん 🎧050

15 ばん 🎧051

16 ばん 🎧052

17 ばん 🎧053

18 ばん 🎧054

19 ばん 🎧055

20 ばん 🎧056

（解答）

1	2	3	4	5	6	7	8	9	10
1	2	1	3	2	1	3	3	3	1
11	12	13	14	15	16	17	18	19	20
3	1	2	1	2	3	2	1	2	2

🎧037

1番

解答：1

F ：はじめまして。どうぞよろしく。

M：1. こちらこそ、どうぞよろしく。

　　2. どういたしまして。

　　3. はい、わかりました。

女：初次見面，請多多指教。
男：1. 彼此彼此，請多多指教。
　　2. 不客氣。
　　3. 好，我知道了。

重點解說

　　對「どうぞよろしく（お願いします）」（請多指教），也可以只回答「こちらこそ」（彼此彼此）。對「ありがとう」（謝謝）則會回答「いいえ、どういたしまして」（不會，不客氣）。

🎧 038

2番

解答：2

M：きょうはいい天気ですね。

F：1. はい、そうです。

2. ええ、そうですね。

3. ええ、そうですよ。

男：今天天氣真好呢。
女：1. 對，沒錯。
　　2. 嗯，對呀！
　　3. 嗯，是這樣唷！

重點解說
　　「いい天気ですね」（天氣真好呢）「そうですね」（對呀）的「ね」分別有尋求認同、以及認同對方的意思。「そうですよ」（是這樣唷！）的「よ」有讓對方知道的意思，在這裡使用的話語氣會變成「そうですよ（知らないんですか）」（是這樣唷！你不知道嗎？）

🎧 039

3番

解答：1

F：飲み物は何がいいですか。

M：1. 何でもいいです。

2. 何にもいいです。

3. 何もいいです。

女：飲料要什麼呢？
男：1. 什麼都好。
　　2. 什麼都不用。（錯誤說法）
　　3. 什麼也好。（錯誤說法）

重點解說
　　「何にも」、「何も」的後面會接續如「何も要りません」等的否定用法。「何にも」是「何も」強調時、以及口語上的說法。

4番

解答：3

M：いってきます。

F：1. おかえりなさい。

　　2. ただいま。

　　3. いってらっしゃい。

男：我出門囉！
女：1. 你回來啦。
　　2. 我回來了。
　　3. 慢走。

重點解說

「いってらっしゃい」也可以說成「いっていらっしゃい」。用於要送家人出門上學上班，或是在公司要送同事外出辦事、工作時。

5番

041

解答：2

F：お久しぶりです。お元気ですか。

M：1. はい、お元気です。

　　2. はい、元気です。

　　3. はい、どうも。

女：好久不見，你好嗎？
男：1. 嗯，我好得很。（錯誤用法）
　　2. 嗯，我很好。
　　3. 嗯，謝謝。

重點解說

「お」是表示鄭重的接頭語，所以「お元気です」用來形容自己的時候不能加「お」。「どうも」可以用來作為簡單的問候語，不過前面不可以加上「はい」。

6番

解答：1

M：手伝いましょうか。
てつだ

F ：1. すみません。

　　2. ごめんなさい。

　　3. はい、手伝いましょう。
　　　　　　てつだ

男：我來幫忙吧！
女：1. 不好意思。
　　2. 對不起。
　　3. 好，我來幫你吧！

 重點解說

　　這裡的「すみません」是「ありがとう」的意思。道歉的時候「すみません」和「ごめんなさい」都可以使用，但「すみません」較為鄭重。

★ 文法和表現

　　*「動詞（ます形）ましょうか」：表示想幫忙對方。

　　*「動詞（ます形）ましょう」：表示①提議「一起做……吧」②強力的邀約。

 043

7番

解答：3

F ：ありがとうございました。

M：1. いいえ、ありがとうございます。

　　2. いいえ、どうですよ。

　　3. いいえ、どういたしまして。

女：謝謝您。
男：1. 不會，謝謝您。
　　2. 不會，怎麼樣！（錯誤說法）
　　3. 不會，不客氣。

 重點解說

　　「いいえ、どういたしまして」（不會，不客氣）也可以只用「いいえ」來表示。此外，沒有「どうですよ」這樣的說法。

8番

解答：3

M：かぜはどうですか。

F：1. はい、いいです。

　2. はい、どうもありません。

　3. はい、よくなりました。

男：感冒怎麼樣了？
女：1. 嗯，可以。
　　2. 嗯，沒怎麼樣。（錯誤說法）
　　3. 嗯，治好了。

 重點解說
　　選項1的「はい、いいです」是給予許可時的說法。此外，沒有選項2「どうもありません」的說法。

044

9番

解答：3

F：コーヒーもう一杯(いっぱい)いかがですか。

M：1. はい、いいです。

　2. はい、どうぞ。

　3. ありがとうございます。

女：要不要再喝一杯咖啡呢？
男：1. 嗯，可以。
　　2. 嗯，請。
　　3. 謝謝。

 重點解說
　　選項1「はい、いいです」和選項2「はい、どうぞ」都可作為表示許可時的說法，但選項1較常使用於認可某項規則，例如：
　　(a)学生(がくせい)：鉛筆(えんぴつ)で書(か)いてもいいですか。（學生：可以用鉛筆寫嗎？）
　　　　先生(せんせい)：はい、いいです。（老師：嗯，可以。）
　　(b)A：タバコを吸(す)ってもいいですか。（可以吸菸嗎？）
　　　　B：はい、どうぞ。（嗯，請。）

10番

046

解答：1

M： しつれいします。

F ： 1. はい、どうぞ。

　　 2. はい、どうも。

　　 3. はい、しつれいです。

男：失禮了。

女：1. 嗯，請。

　　 2. 嗯，謝謝。

　　 3. 嗯，很失禮。

重點解說

「失礼します」可以用在進入和走出房間的時候。

11番

047

解答：3

F ： これをコピーしてください。

M： 1. はい、知っています。

　　 2. はい、知ります。

　　 3. はい、わかりました。

女：請影印這個。

男：1. 是的，我知道。

　　 2. 是的，我知道。（錯誤說法）

　　 3. 是的，我明白了。

重點解說

　　對於「動詞（て形）ください」發話的回應，請將「はい、わかりました」這句慣用語記下來。「知っています」是針對記憶方面的「知道」，例如：

　　A：田村さんの電話番号を知っていますか。（你知道田村先生的電話嗎？）

　　B：はい、知っています。（是的，我知道。）

問題 1

問題 2

問題 3

問題 4

12 番

解答：1

M：お子さんは何歳ですか。

F：1. 3つです。

　　2. 3個です。

　　3. 3人です。

男：您的孩子幾歲呢？

女：1. 三歲。

　　2. 三個。

　　3. 三人。

重點解說

表達年齡的方法除了「3歲」以外還有「3つ」的說法。

13 番

解答：2

F：すみません。ちょっと待ってください。

M：1. はい、よかったですよ。

　　2. はい、どうしましたか。

　　3. はい、知っていますよ。

女：不好意思，請等一下。

男：1. 好，很好喔！

　　2. 好，怎麼了？

　　3. 好，我知道喔！

重點解說

　　對於「動詞（て形）ください」的發話，不能回答「知っている」（我知道了）。

14番

解答：1

M：これ、食べてもいい？

F：1. まだ、だめよ。

　　2. もう食べなくてはいけないよ。

　　3. ううん、できないよ。

男：這個可以吃嗎？
女：1. 不行，還不能吃。
　　2. 已經不能不吃喔！
　　3. 不，沒有辦法吃啦！

 重點解說
　　被問「食べてもいい？」（可以吃嗎？）時，若無法允許時會回答「食べてはいけません」（不可以吃）、「だめ」（不可）等；若是根據規定而禁止，也可以說「食べることができません」（不能吃）。

15番

解答：2

F：みなさん、わかりましたか。

M：1. はい、とてもわかりました。

　　2. はい、よくわかりました。

　　3. はい、ぜんぶでわかりました。

女：各位明白了嗎？
男：1. 嗯，非常明白了。（錯誤說法）
　　2. 嗯，相當明白了。
　　3. 嗯，全部都明白了。（錯誤說法）

 重點解說
　　「よく」有例如「本屋へよく行く」（常去書店）等表示「頻率」的意思，以及「よくわかった」（相當明白了）中表示「程度」等兩種用法。「ぜんぶで」（全部）常用在表示總額，例如「ぜんぶで300円です」（總共300日圓）。

★ 文法和表現

　＊「よく＋動詞」：表示動作經常發生。

　＊「とても＋（イ/ナ形容詞）」：很、非常～。

16 番

🎧052

解答：3

M：映画に行きませんか。

F ：1. いいえ、行きません。

　　2. いいえ、できません。

　　3. すみません。きょうはちょっと。

男：要不要去看電影呢？
女：1. 不，不去。
　　2. 不，辦不到。
　　3. 不好意思，今天有點不方便。

重點解說

　　要拒絕「映画に行きませんか」（要不要去看電影呢？）等的邀約時，考量到對方的好意，所以一般會用如選項3「すみません。きょうはちょっと」（不好意思，今天有點不方便）婉轉地回答。

　　「行きません」（不去）是用在像「きょうは日曜日ですから、学校へ行きませんが、あしたは行きます」（今天是星期天所以不用去學校，不過明天要去）等，將自己的判斷清楚地向對方表達的時候使用，若使用在拒絕別人的邀請的話會因為語氣太過強硬而失禮。

17 番

🎧053

解答：2

F ：わたし、テスト 100 点でした。

M：1. いいですよ。

　　2. よかったですね。

　　3. よかったですよね。

女：我考了一百分。
男：1. 沒關係。
　　2. 真是太好了！
　　3. 真是太好了對吧！

重點解說

　　「～よね」是向對方確認自己不清楚的事物時使用，例如：
　　A：テストはあしたですよね。（考試是明天吧？）
　　B：ええ、そうですよ。（是啊，沒錯。）

054

18 番

解答：1

M ： お国はどちらですか。

F ： 1. 日本です。

2. 日本人です。

3. 日本にあります。

男：請問您來自哪個國家呢？

女：1. 日本。

2. 我是日本人。

3. 在日本。

重點解說

這裡的「どちら」是「どこ」（哪裡）的有禮貌的說法。

055

19 番

解答：2

F ： 日本と台湾とどちらが暑いですか。

M ： 1. 台湾より暑いです。

2. 台湾のほうが暑いです。

3. 台湾で暑いです。

女：日本和台灣哪邊比較熱呢？

男：1. 比台灣熱。

2. 台灣比較熱。

3. 在台灣很熱。（錯誤說法）

重點解說

回答「どちらが～？」（哪個比較～）時，會使用「～のほうが～」的句型。

問題
1

問題
2

問題
3

問題
4

20 番

解答：2

M： あしたもう一度病院に来なければなりませんか。

F ： 1. いいえ、来なければなりません。

　　 2. いいえ、来なくてもいいです。

　　 3. いいえ、来てはいけません。

男：明天一定要再來一次醫院嗎？
女：1. 不，一定要來。
　　2. 不，不來也沒關係。
　　3. 不，不准來。

重點解說

　　回答「来なければなりませんか」（一定要來嗎？），可以說「はい、来なければなりません」（對，一定要來）或是「いいえ、来なくてもいいです」（不，不來也可以）。

★ 文法和表現

　*「動詞（ない形）＋なければなりません」：表示義務。

　*「動詞（ない形）＋なくてもいいです」：表示不需要做某動作。

　*「動詞（て形）はいけません」：表示禁止。

Part 2

模擬測驗
模擬真實考試時間！

　　本單元為完整三回模擬測驗。在經過前面各式練習後，本單元訓練重點就是要你掌握時間！不緊張！

　　N5聽解考試一回總時間為30分鐘，考試節奏緊湊，沒有多的思考時間，與自己在家裡練習不同。請以認真的態度，中途不要停止，一股作氣將本測驗做完，如此可以讓自己模擬真實考試情境與調整答題節奏。這很重要！

[本模擬測驗考題數量係參考國際交流基金會／日本國際教育支援協會於《新しい『日本語能力試驗』ガイドブック》所公佈之數量擬定。又本測驗省略了考場音量測試動作及各大題之範例練習。]

《模擬測驗 第1回》

もんだい 1 ————————————

　もんだい 1 では　はじめに、しつもんを　きいて　ください。そ
れから　はなしを　きいて、もんだいようしの　1から4のなかから、
ただしいこたえを　ひとつ　えらんでください。

1ばん 🎧060

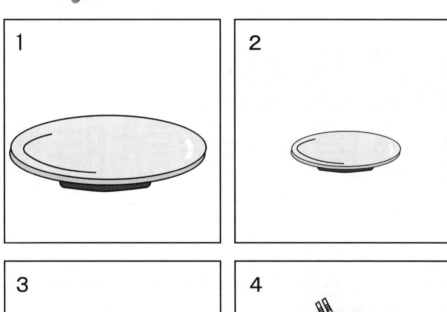

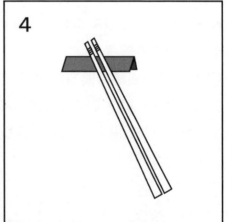

2 ばん 🎧061

1

2

3

4

3 ばん 🎧062

4 ばん 063

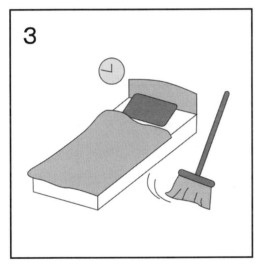

5 ばん 064

1. 銀行と郵便局へ行く

2. 銀行と郵便局と駅へ行く

3. コピーして、会社で新幹線の切符を買う

4. コピーしてから、駅へ行って新幹線の切符を買う

チェックリスト		
☐	**ア** 紙(かみ)	
☐	**イ** 青(あお)いボールペン	
☐	**ウ** 赤(あか)いボールペン	
☐	**エ** 熱(あつ)いお茶(ちゃ)	
☐	**オ** 冷(つめ)たいお茶(ちゃ)	

1. ア、イ、オ
2. ア、ウ、オ
3. イ、エ
4. ウ、エ

7 ばん 🎧066

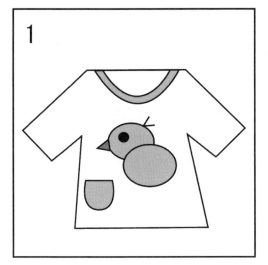

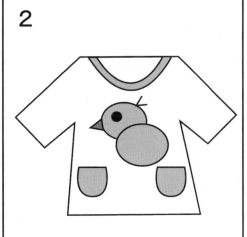

もんだい 2

　もんだい 2 では　はじめに、　しつもんを　きいて　ください。
それから　はなしを　きいて、もんだいようしの　1 から 4 のなかか
ら、ただしい　こたえを　ひとつ　えらんで　ください。

1 ばん 🎧068
　1. 月曜日
　2. 水曜日
　3. 木曜日
　4. 金曜日

2 ばん 🎧069
　1. 渡辺さんは病気だから
　2. 渡辺さんのお父さんが病気だから
　3. 渡辺さんはお父さんに会うから
　4. 渡辺さんはパーティーが好きではないから

3 ばん 🎧070

1 	2 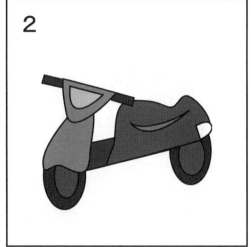
3 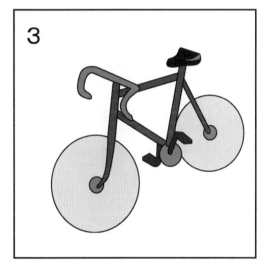	4 

4 ばん 🎧071

1. 3階の本屋
2. 3階の喫茶店
3. 4階の本屋
4. 4階の喫茶店

5 ばん 072

6 ばん 073

1. 子供と遊ぶから

2. 子供がいるから

3. たばこが高いから

4. 体に悪いから

もんだい3

　もんだい3では、えを　みながら　しつもんを　きいて　ください。　それから、ただしい　こたえを　1から3の　なかから　ひとつ　えらんで　ください。

1ばん 🎧075

2 ばん 🎧076

3 ばん 🎧077

4 ばん 078

5 ばん 079

もんだい4

　もんだい4には、えなどが　ありません。ぶんを　きいて、1から3の　なかから　ただしい　こたえを　ひとつ　えらんで　ください。

1 ばん 🎧081

---

2 ばん 🎧082

---

3 ばん 🎧083

---

4 ばん 🎧084

5 ばん 🎧085

6 ばん 🎧086

7 ばん 🎧087

8 ばん 🎧088

1番

解答：2

男の人と女の人が話しています。女の人ははじめに、どれを洗いますか。

M：森田さん、お皿を洗ってください。

F：はい。この大きいお皿ですね。

M：あっ、ちょっと待って。今、小さいお皿があまりありませんね。

F：じゃ、それから、洗いましょうか。

M：そうですね。

F：スプーンやおはしは？

M：まだありますから、大きいお皿を洗ってから、洗ってください。

F：はい、わかりました。

女の人ははじめに、どれを洗いますか。

男人和女人正在對話。女人要先洗哪一個？

男：森田小姐，請洗碗！
女：好的，是這個大盤子吧？
男：啊，請等一下。現在沒剩幾個小的盤子了呢。
女：那我從那個開始洗吧！
男：也對。
女：湯匙和筷子呢？
男：還有，所以洗完大盤子再洗吧！
女：是的，我知道了。

女人要先洗哪一個？

重點解說

　　問題問的是「はじめにどれを洗いますか」（要先洗哪一個？）「それから、洗いましょうか」（從那個開始洗吧）是指「從小盤子開始洗」的意思。

★ 文法和表現

* 「初めに」（一開始）：類似的詞彙有「今から」（現在起）、「これから」（從現在起）、「まず」（首先）、「先に」（先）、「最初に」（最先）。

* 「小さいお皿があまりありません」：「あまり～」（不怎麼……、不很……）表示否定。

061

2番

解答：4

女の人と男の人が話しています。女の人は何を買いますか。

F ：すみません。そのパンを 6 つと、このジュースを 3 本ください。

M：はい。パン 6 つ、ジュース 3 本ですね。

F ：あっ、すみません。パン、もう 1 つください。それから、コーヒーを 1 杯。

M：じゃ、飲み物はジュースが 3 本、コーヒーが 1 つですか。

F ：いいえ、ジュース 2 本とコーヒー 1 つお願いします。

M：はい。わかりました。

女の人は何を買いますか。

女人和男人正在對話。女人要買什麼？

女：不好意思，請給我六個那種麵包，還有三瓶這種果汁。
男：好的，六個麵包和三瓶果汁對嗎？
女：啊，不好意思，請再給我一個麵包，還有一杯咖啡。
男：那麼，飲料是三瓶果汁和一杯咖啡嗎？
女：不，是兩瓶果汁和一杯咖啡。
男：好的，我知道了。

女人要買什麼？

重點解說

　一開始本來要買六個麵包，因為說了「もう 1 つ」，所以變成了七個麵包。

★ 文法和表現

　　　　「パン 6 つ、ジュース 3 本ですね」（六個麵包和三瓶果汁對嗎？）：
「〜ね」是確認對方說話內容的終助詞。

062

3番

解答：2

男の人と女の人が話しています。雑誌はどうなりましたか。

M：音楽の雑誌はここでいいですか。

F ：ええ、いいです。その隣にコンピューターの雑誌を置いてください。

問題
1

問題
2

問題
3

問題
4

M：右ですか、左ですか。

F：左に。それから、右に車の雑誌をお願いします。

M：はい。

F：あっ、音楽の雑誌の隣に服の雑誌をお願いします。

M：音楽の雑誌の右ですか。

F：そうじゃなくて。音楽とコンピューターの間に置いてください。

M：はい。

雑誌はどうなりましたか。

男人和女人正在對話。雜誌被擺成什麼樣了？

男：音樂雜誌放這裡可以嗎？
女：嗯，可以。它的隔壁請放電腦雜誌。
男：請問是右邊還是左邊呢？
女：放左邊。還有汽車雜誌請放右邊。
男：好。
女：啊、音樂雜誌的旁邊請放服裝雜誌。
男：是音樂雜誌的右邊嗎？
女：不是這樣，請放在音樂和電腦的中間。
男：好的。

雜誌被擺成什麼樣了？

重點解說

「（服の雑誌は）音楽とコンピューターの間に置いてください」是沒有省略
的完整句子。

★ 文法和表現

* 「右に車の雑誌をお願いします」（汽車雜誌請放右邊）：「名詞（を）お願
  いします／動詞（て形）ください」的句型，用於指示或是點餐、購物的時
  候。

* 「音楽の雑誌はここでいいですか」（音樂雜誌放這裡可以嗎？）：「～でい
  いですか」，確認某狀況可不可以時的說法。

4番

女の人と男の人が話しています。女の人はこれから何をしますか。

F ： 掃除、終わりましたね。花に水をやって、買い物に行きましょう。砂糖とたまごと牛乳。

M ： そうですね。自転車で行きましょう。

F ： でも、自転車は 1 台しかありません。2 人で自転車に乗っては…。

M ： そうですね。じゃ、わたしが行きましょう。

F ： そうですか。じゃ、お願いします。

M ： わかりました。花をお願いします。

F ： はい。

女の人はこれから何をしますか。

女人和男人正在對話。女人接下來要做什麼？

女：打掃完了吧？澆花然後去買東西吧！買砂糖、雞蛋和牛奶。
男：好啊，騎腳踏車去吧！
女：但是腳踏車只有一台，兩個人騎一台……
男：也對，那我去好了！
女：是嗎？那就麻煩你了。
男：好，那花就拜託你囉！

女人接下來要做什麼？

重點解說
「2 人で自転車に乗っては…」後面省略了「いけません」。

★ 文法和表現
「自転車は 1 台しかありません」（腳踏車只有一台）：「しか＋否定」
和「だけ」（只有）的意思相近。

5番

解答：3

男の人と女の人が話しています。男の人はこれから何をしなければなりませんか。

M：銀行へ行ってきます。

F：後で郵便局へ行きますから、わたしが行きましょうか。

M：そうですか。じゃ、お願いします。会議のコピーはしましたか。

F：いいえ。頼んでもいいですか。

M：ええ。

F：あしたの新幹線の切符は買いましたか。

M：いいえ、まだです。

F：じゃ、私が駅に行って買いましょうか。

M：いいえ、いいです。コンピューターで買いますから。

F：そうですか。じゃ、行ってきます。

男の人はこれから何をしなければなりませんか。

1. 銀行と郵便局へ行く
2. 銀行と郵便局と駅へ行く
3. コピーして、会社で新幹線の切符を買う
4. コピーしてから、駅へ行って新幹線の切符を買う

男人和女人正在對話。男人接下來一定要做什麼事？

男：我去一下銀行。

女：我等一下要去郵局，我去好了！

男：這樣啊，那就拜託你了。會議的資料都影印好了嗎？

女：還沒，可以麻煩你嗎？

男：好。

女：明天新幹線的車票買了嗎？

男：不，還沒。

女：那我去車站買吧！

男：不，沒關係，我用電腦買就可以了。

女：這樣呀，那我出門囉！

男人接下來一定要做什麼事？

1. 去銀行和郵局
2. 去銀行、郵局和車站

3. 影印、在公司買新幹線的車票
4. 影印完之後，去車站買新幹線的車票

重點解說

「頼_{たの}んでもいいですか」（可以拜託你嗎？）或「お願_{ねが}いします」（拜託你）是委託時的用法。「ええ」和「はい」是一樣的意思。

★ 文法和表現

「いいえ、いいです」（不，沒關係）：拒絕他人委託時的表現，和「いいえ、結構_{けっこう}です」（不，不用了）意思相同。

6番

解答：4

女_{おんな}の人_{ひと}と男_{おとこ}の人_{ひと}が話_{はな}しています。女_{おんな}の人_{ひと}はどれが欲_ほしいですか。

F ：何_{なに}か書_かくものある？

M：うん。紙_{かみ}とペン？

F ：紙_{かみ}はあるから、いいよ。青_{あお}いボールペンはある？

M：赤_{あか}しかないけど。

F ：じゃ、赤_{あか}でいい。それから、何_{なに}か飲_のみ物_{もの}ある？

M：冷蔵庫_{れいぞうこ}に水_{みず}とお茶_{ちゃ}とジュースがあるよ。

F ：お茶_{ちゃ}がいいな。でも、冷_{つめ}たいのは…。

M：はい、はい。

女_{おんな}の人_{ひと}はどれが欲_ほしいですか。

女人和男人正在對話。女人想要哪一個？

女：有可以寫的東西嗎？
男：嗯，要紙和筆嗎？
女：紙有了所以不用。有藍色的原子筆嗎？
男：只有紅色的而已。
女：那紅色就可以了。然後有什麼飲料嗎？
男：冰箱裡有水和茶和果汁。
女：茶好了。不過冰的……
男：好、好。

女人想要哪一個？

066

7番

解答：1

女<ruby>おんな</ruby>の人<ruby>ひと</ruby>が話<ruby>はな</ruby>しています。女<ruby>おんな</ruby>の人<ruby>ひと</ruby>はどんなＴシャツを作<ruby>つく</ruby>りましたか。

Ｆ：これはわたしの会社<ruby>かいしゃ</ruby>の新<ruby>あたら</ruby>しいＴシャツです。わたしが作<ruby>つく</ruby>りました。どうですか。かわいいでしょう。子供<ruby>こども</ruby>は動物<ruby>どうぶつ</ruby>が好<ruby>す</ruby>きです。でも、犬<ruby>いぬ</ruby>や猫<ruby>ねこ</ruby>のＴシャツはもうたくさんありますから、鳥<ruby>とり</ruby>の絵<ruby>え</ruby>のＴシャツを作<ruby>つく</ruby>りました。小<ruby>ちい</ruby>さいポケットもあります。わたしはポケットは２つ付<ruby>ふた</ruby>付<ruby>つ</ruby>けたかったんですが、みんなが１つのほうがいいと言<ruby>い</ruby>いました。だからポケットは１つです。

女<ruby>おんな</ruby>の人<ruby>ひと</ruby>はどんなＴシャツを作<ruby>つく</ruby>りましたか。

女人正在說話。女人做了什麼樣的Ｔ恤？

女：這是我公司的新Ｔ恤。是我做的，怎麼樣呢？很可愛吧！孩子喜歡動物，不過狗和貓的Ｔ恤市面上已經有很多了，所以做了鳥的圖案的Ｔ恤，也附有小口袋。雖然我想裝上兩個口袋，不過大家都說一個比較好，所以口袋是一個。

女人做了什麼樣的Ｔ恤？

- 92 -

🎧068

1番

解答：3

女の人と男の人が話しています。2人はいつ美術館へ行きますか。

F ： 美術館、いつ行く？

M： 月曜日は休みだよね。

F ： ううん。休みは水曜日、あそこの美術館は。

M： じゃ、あした行っても開いてないね。

F ： そうね。じゃ、あさってにする？

M： うん、そうしよう。

2人はいつ美術館へ行きますか。
1. 月曜日
2. 水曜日
3. 木曜日
4. 金曜日

女人和男人在對話。兩個人什麼時候要去美術館？

女：美術館要什麼時候去？
男：星期一是休館日吧！
女：不是，那間美術館的休館日是星期三。
男：那，明天就算去也沒開囉？
女：對呀，那後天好嗎？
男：嗯，就這麼辦吧！

兩個人什麼時候要去美術館？
1. 星期一
2. 星期三
3. 星期四
4. 星期五

重點解說

　　美術館的休館日是星期三，所以從「あした行っても開いてないね」（明天去也沒開）可以得知明天是星期三。

★ 文法和表現

　　「あさってにする？…うん、そうしよう」（那後天好嗎？……嗯，就這麼辦吧！）：「（名詞）にする」表示決定某事；「そうしよう」是贊成決定時的說法。

2番

解答：3

男の人と女の人が話しています。渡辺さんはどうしてきょうパーティーに来ませんか。

F ： こんばんは。あれ？渡辺さんは？

M ： きょうは来ないよ。

F ： パーティーが嫌い？

M ： ううん。病院へね。

F ： えっ？病気？

M ： 違うよ。お父さんがね。

F ： お父さんが病気？

M ： ううん、とても元気だよ。お父さんに会いに行ったんだ。

F ： ええ？

M ： お父さんは病院で働いているから。

渡辺さんはどうしてきょうパーティーに来ませんか。

　1. 渡辺さんは病気だから
　2. 渡辺さんのお父さんが病気だから
　3. 渡辺さんはお父さんに会うから
　4. 渡辺さんはパーティーが好きではないから

女人和男人在對話。渡邊先生今天為什麼不來參加派對呢？

女：晚安，咦，渡邊先生呢？
男：今天不會來喔！
女：他不喜歡參加派對嗎？
男：不，他要去醫院。
女：咦，他生病了嗎？
男：不是啦，是他的父親。
女：他父親生病了？
男：不是，他父親很好啦！他是去見父親的。
女：咦？
男：因為他父親在醫院工作。

渡邊先生今天為什麼不來參加派對呢？

1. 因為渡邊先生生病
2. 因為渡邊先生的父親生病
3. 因為渡邊先生要去見父親
4. 因為渡邊先生不喜歡派對

重點解說

去醫院的原因有許多種。渡邊的父親在醫院工作，可能是個醫生。

070

3番

解答：4

男の人と女の人が話しています。2人は何で行きますか。

M：あした図書館まで何で行く？歩いて行く？

F：そうね…。でも、本がたくさんあるから、車で行かない？

M：車はあした弟が使うから。

F：そう。じゃ、自転車で。

M：でも、自転車に乗ることができないから。

F：そうだったね。じゃ、わたし1人で行くよ。

M：でも、借りたい本があるから。あさって行かない？自動車で。

F：いいよ。

2人は何で行きますか。

男人和女人在對話。兩個人要怎麼去？

男：明天要怎麼去圖書館？走路去嗎？
女：這個嘛……但是書好多，要不要開車去？
男：車子明天弟弟要用。
女：這樣……那騎自行車。
男：不過我不會騎自行車。
女：對耶。那我一個人去吧！
男：但是我有想借的書，要不要後天開車去？
女：好啊！

兩個人要怎麼去？

重點解說

「2人は何で行きますか」（兩個人要怎麼去？）的「何で」是詢問使用何種交通工具。

4番

解答：4

女の人と男の人が話しています。2人はどこで会いますか。

F ： あした、どこで会う？

M ： 本屋はどう？

F ： 駅の前の？

M ： ううん、デパートの 3 階の。

F ： あの新しくて広い本屋？あそこは人が多いでしょう。それより、喫茶店のほう

　　 が…。

M ： 何階の喫茶店？

F ： 本屋の上の階。あそこは人が少ないから。

M ： わかった。じゃ、またあした。

2人はどこで会いますか。
1. 3 階の本屋
2. 3 階の喫茶店
3. 4 階の本屋
4. 4 階の喫茶店

女人和男人在對話。兩個人要在哪裡碰面？

女：明天要在哪裡碰面？
男：書店怎麼樣？
女：車站前的？
男：不，百貨公司三樓的。
女：那間新開的大書店？那裡人很多吧！比起來咖啡店比較……
男：幾樓的咖啡店？
女：書店的樓上，那裡人很少。
男：我知道了，那明天見。

兩個人要在哪裡碰面？
1. 三樓的書店
2. 三樓的咖啡店
3. 四樓的書店
4. 四樓的咖啡店

問題 1
問題 2
問題 3
問題 4

重點解說

　　對於「本屋はどう？」（書店怎麼樣？）的提議，女人回答「あそこは人が多いでしょう」（那裡人很多吧），用「多」的這個理由反對了。「それより、喫茶店のほうが（いい）」（比起來咖啡店比較……）這裡省略了後面的「いい」，是婉轉陳述自己意見的方式

★ 文法和表現

　　「本屋はどう？」（書店怎麼樣？）：「～はどう？」是「～はどうですか」的口語表現，是一種提議的說法。

 072

5番

解答：2

男の人と女の人が話しています。男の人は先週の日曜日何をしましたか。

M：映画はどうでしたか。

F：よかったですよ。その後、友達と家で料理を作って食べました。
　　山田さんは？日曜日はどうでしたか。

M：いやぁ、先週は疲れました。京都へ行きました。

F：ええ？仕事ですか。

M：いいえ、アメリカから友達が来ましたから、いっしょに。楽しかったですが、
　　とても寒かったです。

F：そうですか。

M：いつもは日曜日に映画を見ますが、旅行もいいですね。

男の人は先週の日曜日何をしましたか。

　　男人和女人在對話。男人上個星期天做了什麼？

　男：電影怎麼樣？

　女：很不錯喔！那之後和朋友在家裡做料理吃。
　　　山田先生呢？星期天過得如何？

　男：唉，上星期累死了。去了京都。

　女：咦？是為了工作嗎？

　男：不，有朋友從美國來，所以一起去。雖然很開心，不過好冷。

　女：這樣啊？

　男：雖然星期日通常都是看電影，但旅遊也不錯。

　　男人上個星期天做了什麼？

重點解說

　　要注意最後的「いつもは日曜日に映画を見ます」（星期日通常都是看電影）。這句是在說平常的星期日，而非上星期。

★ 文法和表現

　　　「楽しかったですが、とても寒かったです」（雖然很開心，不過好冷）：「が」是表示逆接的接續助詞。

073

6番

解答：1

女の人と男の人が話しています。女の人はどうしてたばこを吸いませんか。

F ： たばこは体に悪いですよ。

M ： あれ？鈴木さん、たばこ吸わないんですか。

F ： はい。

M ： ああ、たばこが高くなったからですか。

F ： いいえ、子供がコンピューターが大好きだから。

M ： 子供さんがいつも家にいるから、吸わないんですね。

F ： そうじゃありません。私、子供にコンピューターを習って、遊んでいます。

M ： 子供さんといっしょに遊んでいるんですか？

F ： ええ、楽しいですよ。でも、右手も左手も使わなければならないから、たばこを吸うことが…。

M ： ああ、なるほど。

女の人はどうしてたばこを吸いませんか。

1. 子供と遊ぶから
2. 子供がいるから
3. たばこが高いから
4. 体に悪いから

　女人和男人在對話。女人為什麼不抽菸呢？

　女：抽菸對身體不好喔！
　男：咦？鈴木小姐不抽菸的嗎？
　女：對。

男：啊，因為香菸變貴了？

女：不是，是因為孩子很喜歡電腦。

男：因為孩子都在家，所以不抽的吧？

女：不是那樣的。我跟孩子學電腦玩。

男：和孩子一起玩嗎？

女：嗯，相當有趣喔！不過玩電腦一定要用到左、右手，所以抽菸……

男：啊～原來如此。

女人為什麼不抽菸呢？

　1. 因為要和小孩玩

　2. 因為有小孩

　3. 因為煙很貴

　4. 因為對身體不好

重點解說

　　針對「子供さんがいつも家にいるから、吸わないんですね」（因為孩子都在家，所以不抽的吧？）女人回答「そうじゃありません」（不是那樣的），所以答案並非因為有小孩而不抽，而是女人最後的「でも、右手も左手も使わなければならないから、たばこを吸うことが（できません）」（因為一定要用到右手和左手，所以沒辦法抽菸）。

問題3　スクリプト詳解

075

1番

解答：1

先生に宿題を出します。何と言いますか。

1. 先生、これ、おねがいします。
2. 先生、これ、ありがとうございます。
3. 先生、これ、どうぞ。

交作業給老師，這時要說什麼呢？
1. 老師，這個，麻煩您了。
2. 老師，這個，謝謝。
3. 老師，這個，請用。

重點解說

　　要交作業給老師或交文件給上司時要用「お願いします」（麻煩您了）。老師為我們看完作業之後要對老師說「ありがとうございました」（謝謝）。「どうぞ」（請用、請笑納）是在給禮物等的時候使用。

076

2番

解答：2

女の人は男の人の名前を聞きます。何と言いますか。

1. しつれいしますが、お名前は？
2. しつれいですが、お名前は？
3. ごめんなさい。お名前は？

女人要問男人的名字，這時要說什麼呢？
1. 打擾了，請問貴姓大名？（錯誤說法）
2. 不好意思，請問貴姓大名？
3. 對不起，請問貴姓大名？

重點解說

　　「しつれいします（失礼します）」（打擾了）是在學校或公司進出師長、上司的辦公室時使用。「ごめんなさい」（對不起）是在道歉時使用。

3番

解答：1

友達に会いました。友達のお母さんのことを聞きます。何と言いますか。

1. お母さんは、お元気ですか。
2. お母さんは、お元気で。
3. お母さんは、いいですか。

和朋友見面，要問候朋友的母親，這時要說什麼呢？
1. 你媽媽好嗎？
2. 請你媽媽保重。（錯誤說法）
3. 你媽媽沒關係嗎？

 重點解說
「お元気で」（請保重）是與即將離別、暫時不會見面的人互道保重時的用語。「いいですか」（沒問題嗎？）是徵求對方許可時的說法。

4番

解答：3

かばんが見たいです。店の人に何と言いますか。

1. そのかばんを見せてあげます。
2. そのかばんを見てください。
3. そのかばんを見せてください。

想要看包包，這時要和店員說什麼呢？
1. 讓你看那邊的包包。
2. 請看那邊的包包。
3. 請讓我看那邊的包包。

 重點解說
問題是「（お客さんは）店の人に何と言いますか」（客人要對店員怎麼說），所以要站在客人的立場想答案。「見てください」和「見せてください」都使用了請託的表現，不過「見る」（看）、「見せる」（讓～看）兩者的意思是不一樣的。

5番

解答：2

友達のボールペンを使いたいです。何と言いますか。

1. ボールペンを借りて。

2. ボールペンを借りてもいい？

3. ボールペンを貸してもいい？

想要借用朋友的原子筆，要說什麼呢？
1. 請去借原子筆。
2. 可以借我原子筆嗎？
3. 可以把原子筆借給他嗎？

重點解說

「借りてもいいですか」和「貸してください」意思相同，都是「借給我」的意思。而「借りてもいい？」（可以借給我嗎？）和「貸してもいい？」（可以借給他嗎？）都是問「可不可以借」，只是「借りる」是「借入」，「貸す」是「借出」，所以「貸してもいいですか」（可以借給他嗎？）是說話者要求聽話者把東西借給第三者。

想借東西的時候，請說「借りてもいいですか」（可以借給我嗎？）或是「貸してください」（請借給我）。

問題 4　スクリプト詳解

1番

🎧 081

解答：1

F　：すみません。これください。

M　：1. はい、こちらですね。

　　　2. はい、ここですね。

　　　3. はい、このですね。

女：不好意思，請給我這個。
男：1. 好的，是這個吧？
　　2. 好的，在這裡吧？
　　3. 好的，是這個吧？（錯誤說法）

重點解說
　　這裡的「こちら」是「これ」（這個）的有禮貌的說法。「この」（這個）後面必須接名詞，所以第三個選項的用法是錯誤的。

2番

🎧 082

解答：3

M　：これ、つまらないものですが。

F　：1. いいえ、つまらなくありません。

　　　2. そうですね。ありがとうございます。

　　　3. どうもすみません。

男：這是一點微薄的心意。
女：1. 不，不無聊。
　　2. 對啊，謝謝。
　　3. 真是不好意思。

重點解說
　　選項 2 的「そうですね」（對啊）是表現同意，所以會導致語意變成「そうですね（つまらないものですね）」（是啊，真是微薄的東西），是很失禮的說法。「どうもすみません」（真是不好意思）語氣中包括了因為讓對方費心而感到不好意思，以及感謝的心情。

083

解答：1

3 番

F：ここでタバコを吸ってもいいですか。

M：1. いいえ、吸ってはいけません。

　　2. いいえ、できません。

　　3. いいえ、よくありません。

女：可以在這裡抽菸嗎？
男：1. 不，不能抽。
　　2. 不，辦不到。
　　3. 不，不好。

重點解說

　　Part1 的問題 4 第 14 題也出現過類似的問題。對方問「動詞（て形）もいいですか」，這是徵求許可的表現，「動詞（て形）はいけません」則說明規則上不允許、禁止。

084

解答：1

4 番

M：紙の無駄が多いですね。

F：1. わたしもそう思います。

　　2. わたしもそうと思います。

　　3. わたしもこう思います。

男：浪費好多紙張喔！
女：1. 我也這麼覺得。
　　2. 我也認為是那樣。（錯誤說法）
　　3. 我也是這麼認為。（錯誤說法）

重點解說

　　我們常用「～と思う」（我認為～）來表達自己的想法、意見，但如果是說「そう思う」（我也這麼覺得）時則不需要加「と」。「そう」已經涵蓋了「紙の無駄が多い」（浪費好多紙張）的意思。

5番

解答：2

F：あしたテストです。

M：1. がんばりますよ。

　　2. がんばって。

　　3. がんばるぞ。

女：明天要考試。
男：1. 我會加油的！
　　2. 請加油！
　　3. 我要加油！

重點解說

　　鼓勵對方加油要用「がんばって（ください）」（請加油）。而若要表示自己會加油要用「がんばります」（我會加油）。若是為了加強自己的鬥志講給自己聽，或是強烈地向對方表示自己的意志時就用「がんばるぞ」（我要加油！）

086

6番

解答：3

M：日本語が上手ですね。

F：1. いいえ、まだわかりません。

　　2. いいえ、そうじゃありません。

　　3. いいえ、まだまだです。

男：你日文很流利呢！
女：1. 不，還不知道。
　　2. 不，不是這樣的。
　　3. 不，還有很多要加油的地方。

重點解說

　　被稱讚「上手ですね」（很厲害呢）時，較謙遜的回答是「いいえ、まだまだです」（不，還有很多要加油的地方），也可以直率地說「ありがとうございます」。「そうじゃありません」（不是這樣的）是用於否定對方所說的內容。

🎧 087

7番

解答：2

M：ケーキもう1つ（ひと）いかがですか。

F ：1. 大丈夫（だいじょうぶ）です。

2. いただきます。

3. ごちそうさま。

男：要不要再吃一個蛋糕呢？
女：1. 沒關係。
　　2. 我收下了。
　　3. 謝謝招待。

> **重點解說**
>
> 　　這裡的「いただきます」是「收下」、「吃」的意思。「大丈夫（だいじょうぶ）です」（沒關係）是要告訴對方不需擔心時使用，例如：
> A：気分（きぶん）が悪（わる）いんですか。（你身體不舒服嗎？）
> B：いいえ、大丈夫（だいじょうぶ）です。（不，沒關係。）

🎧 088

8番

解答：2

F ：日本（にほん）のお茶（ちゃ）を飲（の）んだことがありますか。

M：1. いいえ、あまり飲（の）みません。

2. はい、飲（の）んだことがあります。

3. はい、飲（の）んだことがありました。

女：你喝過日本的茶嗎？
男：1. 不，很少喝。
　　2. 有，有喝過。
　　3. 有，有喝過了。（錯誤說法）

> **重點解說**
>
> 　　對表示經驗的「飲（の）んだことがありますか」（喝過嗎？）要用「はい、（飲（の）んだことが）あります」（有，我（喝）過）或是「いいえ、（飲（の）んだことが）ありません」（沒有，沒（喝）過）來回答。
>
> ★ 文法和表現
>
> 　　「日本（にほん）のお茶（ちゃ）を飲（の）んだことがありますか」（你喝過日本的茶嗎？）：「動詞（た形）＋ことがある？／ありますか」，用於詢問經驗。

解答

問題 1

1	2	3	4	5	6	7
2	4	2	1	3	4	1

正確率：_____ / 7

問題 2

1	2	3	4	5	6
3	3	4	4	2	1

正確率：_____ / 6

問題 3

1	2	3	4	5
1	2	1	3	2

正確率：_____ / 5

問題 4

1	2	3	4	5	6	7	8
1	3	1	1	2	3	2	2

正確率：_____ / 8

《模擬測驗 第2回》

もんだい1 ―――――

　もんだい1では　はじめに、しつもんを　きいて　ください。それから　はなしを　きいて、もんだいようしの　1から4のなかから、ただしいこたえを　ひとつ　えらんでください。

1ばん 🎧091

チェックリスト		
☐	ア　辞書 じしょ	
☐	イ　辞書 じしょ	
☐	ウ　本 ほん	
☐	エ　ノート	
☐	オ　鉛筆 えんぴつ	

1. ア、イ、ウ、オ
2. イ、ウ、オ
3. ウ、エ、オ
4. ウ、オ

2 ばん 🎧092

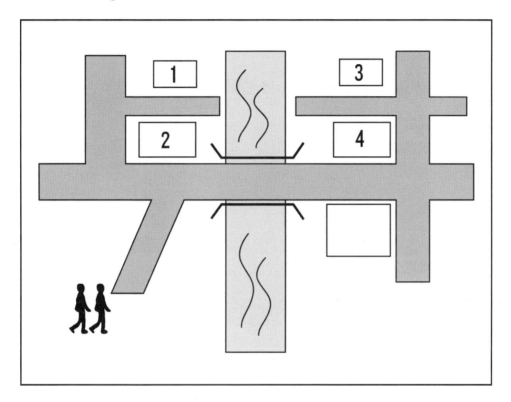

3 ばん 🎧093

4ばん 094

1. 西田さんに電話をかける
2. 佐藤さんに電話をかける
3. 西田さんと佐藤さんに電話をかける
4. 晩ごはんを食べる

5ばん 095

1. 漢字を 50 個覚える。CD を聞く
2. 漢字を 25 個覚える。CD を聞く
3. 漢字を 50 個覚える。作文を書く
4. 漢字を 25 個覚える。作文を書く

6ばん 096

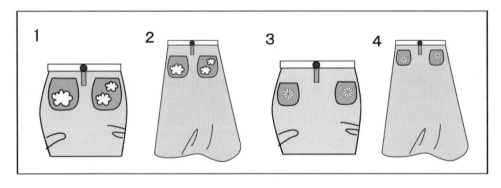

7ばん 🎧097

チェックリスト		
☐	**ア** 朝ごはんを食べる	
☐	**イ** 走る	
☐	**ウ** 散歩する	
☐	**エ** 泳ぐ	
☐	**オ** 山に登る	

1. オ⇒イ⇒ア⇒ウ⇒エ

2. オ⇒ア⇒ウ⇒エ

3. イ⇒ア⇒ウ⇒エ

4. オ⇒ウ⇒ア⇒エ

もんだい 2

　もんだい 2 では　はじめに、しつもんを　きいて　ください。それから　はなしを　きいて、もんだいようしの　1 から 4 のなかから、ただしい　こたえを　ひとつ　えらんで　ください。

1 ばん 🎧099

1. 水曜日の朝
2. 水曜日の晩
3. 木曜日の晩
4. 金曜日の朝

2 ばん 🎧100

1. 友達に会いたいから
2. 服が欲しいから
3. 暇だから
4. 両親がうるさいから

3 ばん 🎧101

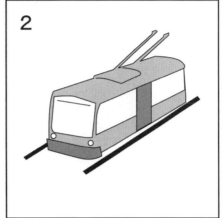

4 ばん 🎧102

1. 話が上手だから

2. 歌が上手だから

3. ハンサムだから

4. テレビによく出るから

5 ばん 103

6 ばん 104

1. たくさん店があってにぎやかなところ
2. 男の人の大学があるところ
3. 海があって魚がおいしいところ
4. 山があって冬は寒いところ

もんだい3

　もんだい3では、えを　みながら　しつもんを　きいて　ください。　それから、ただしい　こたえを　1から3の　なかから　ひとつ　えらんで　ください。

1 ばん 🎧106

2 ばん  107

3 ばん  108

4 ばん 109

5 ばん 110

もんだい 4

　もんだい 4 には、えなどが　ありません。ぶんを　きいて、1 から 3 の　なかから　ただしい　こたえを　ひとつ　えらんで　ください。

1 ばん 🎧112

---

2 ばん 🎧113

---

3 ばん 🎧114

---

4 ばん 🎧115

5 ばん 🎧116

---

6 ばん 🎧117

---

7 ばん 🎧118

---

8 ばん 🎧119

1番

🎧091

解答：4

男の学生と女の学生が話しています。男の学生はどれを買いますか。

M：本買った？

F：うん。本もノートも辞書も買ったよ。本だけ買ったの？

M：うん。ノートはおばさんからもらったから。辞書も大きい辞書が家にあるんだ。

F：そう。この辞書、小さくて、軽くていいよ。みんなで買うから、安いよ。

M：そう。でも、いいよ。

F：鉛筆は？

M：鉛筆？使わないよ。ボールペンを使うから。

F：でも、テストは鉛筆で書かなければならないよ。

M：えっ、そう。じゃ、買わなければならないね。たくさんお金がかかるから嫌だな。

男の学生はどれを買いますか。

　　男學生和女學生正在對話。男學生要買哪些呢？

　　男：書買了嗎？

　　女：嗯，買了書和筆記本和字典。你只買了書嗎？

　　男：嗯，阿姨給了我筆記本，家裡也有大本的字典。

　　女：這樣啊，這本字典又小又輕，大家一起買也比較便宜喔！

　　男：真的嗎？不過沒關係啦。

　　女：鉛筆呢？

　　男：鉛筆？我不用的啦！因為我都用原子筆。

　　女：不過考試一定要用鉛筆寫喔！

　　男：咦，真的嗎？那非買不可了呢！要花很多錢，真是的！

　　男學生要買哪些呢？

重點解說

　　「でも、いいよ」＝「でも、要らないよ」（不過不需要喔）。男學生最後說了「（鉛筆は）買わなければならないね」，所以必需買的是鉛筆。

★ 文法和表現

　　「本だけ買ったの？」（只買了書嗎？）：「だけ」的意思為「只有」。

092

2番

解答：1

おんな ひと おとこ ひと はな
女の人と男の人が話しています。男の人の家はどこですか。

F：村上さんのお家はこの近くですよね。

M：ええ、あそこに橋がありますね。

F：ええ。橋の向こうですか。

M：いいえ、橋の前に大きい家がありますね。

F：橋の前に。あのお家ですか。

M：いいえ、その後ろです。

F：そうですか。

おとこ ひと いえ
男の人の家はどこですか。

女人和男人正在對話。男人的家在哪裡呢？

女：村上先生的家在這附近吧？
男：沒錯，那邊有座橋吧？
女：嗯，在橋的另一端嗎？
男：不，在橋的前面有一間很大的房子。
女：橋的前面，是那一間嗎？
男：不，在那間的後面。
女：這樣呀！

男人的家在哪裡呢？

重點解說

「橋の向こう」（橋的另一端）是「過橋之後」的地方，「橋の前」是指「還沒有過橋」的地方。男人最後說他的房子在「その（＝あの大きい家の）後ろです」，也就是他的房子在那間大房子的後面。

 093

3番

解答：3

おとこ ひと おんな ひと はな   おんな ひと かいぎしつ なに も
男の人と女の人が話しています。女の人は会議室に何を持っていきますか。

M：山田さんと木下さんはお茶で、北野さんにはコーヒーをお願いします。

F：会議室にお茶2つと、コーヒー1つですね。吉村さんはコーヒーですか。

M：いや、お茶をもう 1 つお願いします。

F：わかりました。

女の人は会議室に何を持っていきますか。

男人和女人正在對話。女人要端什麼去會議室呢？

男：請給山田先生和木下先生準備茶，給北野先生則是準備咖啡。
女：端兩杯茶、一杯咖啡到會議室是嗎？吉村先生呢？要咖啡嗎？
男：不，請再多準備一杯茶。
女：我明白了。

女人要端什麼去會議室呢？

重點解說

「いや」（不）和「いいえ」意義相同，男性較常使用。對於「コーヒーですか」（要咖啡嗎？）回答了「いや」（不），所以答案不是咖啡。

094

4番

解答：1

女の人と男の人が話しています。男の人はこれから何をしますか。

F ：西田さんと佐藤さんから電話があったよ。

M：そう。何て言ってた？

F ：西田さんは電話してくださいって言ってたよ。佐藤さんは夜、また電話しますって言ってた。

M：そう。おなかすいたから、先に晩ごはん食べたいなあ。

F ：先に電話したほうがいいよ。

M：そうだね。

男の人はこれから何をしますか。
　1. 西田さんに電話をかける
　2. 佐藤さんに電話をかける
　3. 西田さんと佐藤さんに電話をかける
　4. 晩ごはんを食べる

女人和男人正在對話。男人接下來要做什麼呢？

女：西田和佐藤有打電話來過喔！

男：是嗎？說了什麼？

女：西田說請打電話給他，佐藤說他晚上會再打給你。

男：這樣啊。我肚子好餓，想先吃晚餐。

女：先打電話比較好唷！

男：也對。

男人接下來要做什麼呢？

  1. 打電話給西田

  2. 打電話給佐藤

  3. 打電話給西田和佐藤

  4. 吃晚餐

重點解說

　　西田說了「電話してください」，所以是男人要打電話給他。佐藤說了「また電話します」，表示佐藤會再打一次電話來。

★ 文法和表現

　　「先に電話したほうがいいよ。…そうだね」（先打電話比較好唷！……也對）：「動詞（た形）ほうがいい」的句型，是提議時的說法；「そうだね」是接受提議的回應。

 095

5番

解答：2

先生と学生が話しています。学生は毎日何をしなければなりませんか。

F：みなさん、これから毎日漢字を50個覚えてください。そして、毎週月曜日にテストします。それから、作文も書いてください。

M：作文は毎日書かなければなりませんか。

F：いいえ、1週間に1つ書いて出してください。

M：はい。漢字も多いですね。覚えることができません。

F：そうですか。じゃ、半分でもいいですよ。

M：よかった。

F：それから、本のCDを毎日10回聞いてください。

M：はーい。

学生は毎日何をしなければなりませんか。
1. 漢字を 50 個覚える。CD を聞く
2. 漢字を 25 個覚える。CD を聞く
3. 漢字を 50 個覚える。作文を書く
4. 漢字を 25 個覚える。作文を書く

老師和學生正在對話。學生每天一定要做什麼？

女：各位，今後請每天背五十個漢字，然後每週一測驗。另外，也請寫作文。
男：作文每天都一定要寫嗎？
女：不，一星期寫一篇交上來。
男：好。漢字也很多呢，沒辦法背起來。
女：這樣嗎？那一半也可以喔！
男：太好了！
女：還有，每天要聽十次書附的 CD。
男：好～

學生每天一定要做什麼？
1. 背五十個漢字，聽 CD
2. 背二十五個漢字，聽 CD
3. 背五十個漢字，寫作文
4. 背二十五個漢字，寫作文

重點解說

漢字原本一天要記五十個的，不過老師說了「半分でもいいですよ」（一半也可以喔！）所以只要記五十個的一半就可以了。

096

6番

解答：2

女の人と店の人が話しています。女の人はどれを買いますか。

M：いらっしゃいませ。
F：あの大きいポケットのスカートかわいいですね。
M：こちらにもちょっと違うのがあります。ポケットに花と雲と…。
F：花のもかわいいけど、よくありますよね。この雲のほうがかわいいですね。
M：そうですね。どちらも長いのと短いのがあります。
F：短いのより長いほうがいいな。それください。
M：はい、ありがとうございます。

女の人はどれを買いますか。

女人和男人正在對話。女人要買哪一個？

男：歡迎光臨。

女：那件有大口袋的裙子好可愛喔！

男：這裡也有一些稍微不一樣的。口袋上有花的、有雲朵的……

女：花雖然很可愛，但是很常見吧。這件有雲的比較可愛耶！

男：對啊！兩款都有長的和短的。

女：長的比短的好吧！請給我那件。

男：好的，謝謝您。

女人要買哪一個？

重點解說

「短いのより長いほうがいい」（長的比短的好吧）這句重要的部份是「長いほうがいい」（長的比較好）。「短いのより」（比起短的）的「～より」是比較的對象。類似的問題在 Part1 問題 2 第 6 題和第 7 題中都曾出現過。「花のもかわいいけど、よくありますよね」（花雖然很可愛，但是很常見）的「よくある」是「よく見かける」（常見到）、「どこにでもある」（到處都有）的意思。

🎧097

7 番

解答：2

<ruby>男<rt>おとこ</rt></ruby>の<ruby>人<rt>ひと</rt></ruby>と<ruby>女<rt>おんな</rt></ruby>の<ruby>人<rt>ひと</rt></ruby>が<ruby>話<rt>はな</rt></ruby>しています。2<ruby>人<rt>ふたり</rt></ruby>はあした<ruby>何<rt>なに</rt></ruby>をしますか。

M：あしたの<ruby>朝<rt>あさ</rt></ruby>も<ruby>走<rt>はし</rt></ruby>る？

F：もちろん。あっ、でも、あしたは<ruby>近<rt>ちか</rt></ruby>くの<ruby>山<rt>やま</rt></ruby>に<ruby>行<rt>い</rt></ruby>かない？

M：そうだね。それから<ruby>走<rt>はし</rt></ruby>る？

F：<ruby>山<rt>やま</rt></ruby>に<ruby>行<rt>い</rt></ruby>くから、<ruby>走<rt>はし</rt></ruby>らなくてもいいと<ruby>思<rt>おも</rt></ruby>うよ。

M：OK。プールはいつ<ruby>行<rt>い</rt></ruby>く？

F：このホテルのプールね。<ruby>大<rt>おお</rt></ruby>きくてきれいよね。じゃ、ご<ruby>飯<rt>はん</rt></ruby>の<ruby>後<rt>あと</rt></ruby>は？

M：ご<ruby>飯<rt>はん</rt></ruby><ruby>食<rt>た</rt></ruby>べて、すぐ？その<ruby>前<rt>まえ</rt></ruby>にちょっと<ruby>散歩<rt>さんぽ</rt></ruby>しない？

F：いいわよ。

2<ruby>人<rt>ふたり</rt></ruby>はあした<ruby>何<rt>なに</rt></ruby>をしますか。

男人和女人正在對話。兩個人明天要做什麼呢？

男：明天早上也要跑步？

女：當然。啊，不過明天要不要去附近的山上？

男：好啊！然後再去跑步？

女：已經要爬山了，我想可以不用跑步了。

男：OK。什麼時候要去游泳？

女：是這座飯店的游泳池吧！又大又乾淨呢！那，吃完飯後怎麼樣？

男：吃完飯馬上嗎？在那之前要不要先去散個步呢？

女：好啊。

兩個人明天要做什麼呢？

重點解說

　　因為「山に行くから、走らなくてもいいと思うよ」（已經要爬山了，我想可以不用跑步了），所以明天不用跑步。男人最後說的「ご飯食べて、すぐ（プール）？その（＝プールの）前にちょっと散歩しない？」，「その」指的是游泳。

1番

🎧099

解答：2

男の人と女の人が話しています。2人はいつ映画に行きますか。

M： 映画はいつまで？

F ： 今週の金曜日の午前中まで。

M： じゃ、その前の晩に行こう。

F ： 金曜日の前の日の晩？ごめん、その日は時間がないな。水曜の朝はどう？

M： 授業があるから、ちょっと。

F ： そう、じゃ、その日の夜。

M： そうだね。

2人はいつ映画に行きますか。

1. 水曜日の朝
2. 水曜日の晩
3. 木曜日の晩
4. 金曜日の朝

男人和女人正在對話。兩人什麼時候要去看電影？

男：電影上映到什麼時候呢？
女：到這禮拜五的中午前。
男：那，在那前一個晚上去吧！
女：星期五的前一個晚上？抱歉，那天沒有時間耶，星期三的早上如何？
男：我有課，有點不方便。
女：是嗎，那麼那天的晚上呢？
男：也好！

兩人什麼時候要去看電影？

1. 星期三早上
2. 星期三晚上
3. 星期四晚上
4. 星期五早上

100

2番

解答：1

男の人と女の人が話しています。男の人はどうしてアルバイトがしたいですか。

M：あーあ、土曜日や日曜日は好きなことがしたいけど、父や母が勉強しないのかってうるさいんだ。ねえ、いいアルバイトない？

F：ご両親がうるさいから？

M：そうじゃないよ。

F：買いたいものがあるの？

M：ううん。先月、北海道の友達ができたんだ。

F：へえ。その友達に会いに行くの？

M：うん。中村さんは、買いたいものがあるから、アルバイトしてるの？

F：うん。服とか、雑誌とかアルバイトのお金で買ってるよ。それに、土曜日と日曜日暇だから。

M：へえ。

男の人はどうしてアルバイトがしたいですか。

1. 友達に会いたいから
2. 服が欲しいから
3. 暇だから
4. 両親がうるさいから

男人跟女人正在對話。男人為什麼想要打工呢？

男：啊～雖然星期六和星期日想做自己喜歡的事，但是父母好囉唆，一直叫我唸書。喂，有沒有好的打工機會啊？

女：因為父母很囉唆所以才要打工？

男：不是這樣的啦！

女：那是有想買的東西嗎？

男：也不是，上個月認識了北海道的朋友。

女：是啊？要去找那個朋友嗎？

男：對。田中小姐，你是因為有想買的東西才打工的嗎？

女：嗯，衣服啦、雜誌啦，都是用打工的錢買的。而且因為星期六和星期日也沒事。

男：這樣啊。

男人為什麼想要打工呢？

  1. 因為想和朋友見面

  2. 因為想要衣服

  3. 因為有空

  4. 因為父母很囉唆

重點解說
　　女人問「その友達（＝北海道の友達）に会いに行くの？」（要去找（北海道的）那個朋友嗎？）男人回答是「うん」（對），所以這就是答案了。「そうじゃない」（不是這樣的啦）、「ううん」（不是）和「いいえ」（不）意思都相同，在 Part1 問題 2 的第 5 題中也曾出現過。

3番

解答：3

女の人と男の人が話しています。女の人は駅まで何で行きますか。

F：すみません。ここから駅までどのくらいかかりますか。

M：歩いて30分くらいかかると思いますよ。

F：遠いですね。

M：バスもありますよ。ほら、そこから乗ることができますよ。駅まで10分くらいです。でも、ここから駅までいろいろな店がありますから、買い物したり、散歩したりしてもいいと思いますよ。きょうは涼しいですから。

F：そうですね。でも、ちょっと時間がないので。

M：じゃ、タクシーがいいかな。でも、高いよ。

F：そうですね。安いほうが…。

女の人は駅まで何で行きますか。

女人和男人正在對話。女人要怎麼去車站？

女：不好意思，請問從這裡到車站要多久呢？

男：如果用走的我想大概需要三十分鐘。

女：還蠻遠的呢！

男：也可以坐公車。看，可以從那邊搭。到車站大約十分鐘。不過從這裡到車站中途有很多店家，逛逛街、散散步也不錯喔！因為今天很涼快。

女：的確呢。不過因為我有點趕時間。

男：那，搭計程車好了，不過很貴喔！

女：對啊，便宜的比較好……

女人要怎麼去車站？

重點解說

　　女人說了「ちょっと時間がないので」（因為我有點趕時間），所以是沒時間，而且也說了「安いほうが（いいです）」，所以也覺得便宜的比較好。

★ 文法和表現

　　「散歩したりしてもいいと思いますよ。きょうは涼しいですから」（散散步也不錯喔！因為今天很涼快）：「動詞（て形）もいい」的句型，用來表示還有其他選擇。在這裡除了公車之外還提出了散步（歩く）等其他選擇。

4番

解答：1

男の人と女の人が話しています。女の人はどうしてこの歌手が好きですか。

M：何聞いてるの？

F：歌。

M：あっ、この歌知ってる。ああ、わかった。この人、背が高くてハンサムだから。

F：違うよ。ハンサムだからじゃないよ。

M：歌が上手だから好きなの？

F：それもあるけど、話が上手でおもしろいから。今晩もテレビに出るから、山下君も見て。おもしろいから。

M：うん。

女の人はどうしてこの歌手が好きですか。

1. 話が上手だから

2. 歌が上手だから

3. ハンサムだから

4. テレビによく出るから

男人和女人正在對話。女人說為什麼喜歡這個歌手呢？

男：你在聽什麼？

女：在聽歌。

男：啊，我聽過這首歌。啊，我知道了。因為他長得個子高又很帥……

女：才不是呢！可不是因為他很帥才喜歡的喔！

男：因為唱歌很好聽才喜歡的嗎？

女：那也有關係，不過是因為他很會說話很好笑。今天晚上也會上電視，山下你也
　　要看喔！真的很有趣。

男：好。

女人說為什麼喜歡這個歌手呢？

　1. 因為很會說話
　2. 因為很會唱歌
　3. 因為很帥
　4. 因為常常出現在電視上

重點解說
　　被問到「歌が上手だから好きなの？」（因為唱歌很好聽所以才喜歡的嗎？）
時雖然沒有回答「いいえ」（不是），但後面說「話が上手だから」（因為很會說
話），表示否定了前面的原因，這才是真正喜歡的原因。

103

5番

解答：4

女の人が話しています。女の人は今、何が一番好きだと言っていますか。

F ：わたしは本を読むことが好きです。走ることも好きです。でも、友達と
　　いっしょに遊ぶことは好きではありませんでした。1人だったら、いつでも自
　　分の好きなことをすることができるからです。でも、先月、学校でテニスをし
　　ました。友達と話したり、がんばったりするのはとても楽しかったです。今は
　　それが一番好きです。

女の人は今、何が一番好きだと言っていますか。

女人正在說話。女人說現在最喜歡什麼？

　女：我喜歡看書，也喜歡跑步。不過以前不喜歡和朋友一起玩。因為一個人的話，
　　　無論何時都能做自己喜歡的事。但是上個月，在學校裡打了網球。和朋友聊
　　　天，一起努力真的很開心。我現在最喜歡那件事了。

女人說現在最喜歡什麼？

> **重點解說**
> 「友達と話したり、がんばったりする」是描述打網球時的狀況。
>
> ★ 文法和表現
>
> 「友達と話したり、がんばったりするのはとても楽しかったです」（和
> 朋友聊天，一起努力真的很開心）：「動詞（た形）り、動詞（た形）りする」
> 的句型是從複數的事物中舉例出代表事物的表現。

104

6番

解答：3

男の人が話しています。男の人の両親の家はどんなところですか。

M：わたしは大学 1 年生です。わたしの大学はにぎやかなところにあります。今、大学の近くに 1 人で住んでいます。店もたくさんあって、便利です。電車やバスも便利です。わたしの両親の家は便利ではありませんから、初めはとても楽しかったです。でも、今は時々、両親の家へ帰りたいです。近くの海で泳ぎたいです。冬は雪が降ってとても寒いですが、魚がおいしいです。次の休みに家族や友達に会いに帰ります。

男の人の両親の家はどんなところですか。

1. たくさん店があってにぎやかなところ
2. 男の人の大学があるところ
3. 海があって魚がおいしいところ
4. 山があって冬は寒いところ

男人正在說話。男人的父母的家是什麼樣的地方呢？

男：我讀大學一年級。我的大學在很熱鬧的地方。現在，我一個人住在大學附近，有許多店家很方便，電車和公車也很方便。我父母的家並沒有這麼方便，所以在這裡一開始很高興。不過現在偶爾會很想回父母的家，想在那附近游泳。冬天下雪雖然很冷，不過海鮮很好吃。下次放假要回家見見家人和朋友。

男人的父母的家是什麼樣的地方呢？
1. 有許多店家相當熱鬧的地方
2. 男人的大學所在地
3. 靠海、海鮮美味的地方
4. 靠山、冬季寒冷的地方

重點解說

「わたしの両親の家は便利ではありませんから、初めはとても楽しかったです」（我父母的家並沒有這麼方便，所以一開始很高興）指的是男人父母的家在交通不便的地方，所以剛住到有很多店、交通便利的大學附近時很開心。由於並未提到和山相關的事情，所以選項4並不是答案。

N5

1番　106

解答：1

せんせい へ や はい なん い
先生の部屋へ入ります。何と言いますか。

1. しつれいします。

2. おねがいします。

3. しつれいです。

進入老師的房間，這時要說什麼呢？
1. 打擾了。
2. 拜託您了。
3. 很失禮。

重點解說
　請求、拜託某事時用「おねがいします（お願いします）」（拜託您了）。

2番　107

解答：1

はん た なん い
いまからご飯を食べます。何と言いますか。

1. いただきます。

2. おいしいです。

3. ごちそうさま。

現在要吃飯，這時要說什麼呢？
1. 開動了。
2. 真好吃。
3. 謝謝招待。

重點解說
　「ごちそうさま（でした）」（謝謝招待）是用餐完時說的固定用語。

3番

108

解答：1

友達と映画に行きたいです。何と言いますか。

1. 映画に行かない？
2. 映画はどうだった？
3. 映画に行きません。

想和朋友一起去看電影，這時要說什麼呢？
1. 要不要去看電影？
2. 電影怎麼樣呢？
3. 不要去看電影。

重點解說

「映画に行かない？」是邀約朋友時的用法。「行かない？」（要不要去？）的有禮貌的說法是「行きませんか」。在 Part1 問題 3 的第 9 題中也曾出現過。「映画はどうだった？」（電影怎麼樣呢？）用的是過去形，所以是用來問已經看過的電影的感想。

4番

109

解答：3

たくさんケーキがあります。子供に 1 つあげます。何と言いますか。

1. 何がいい？
2. どちらがいい？
3. どれがいい？

有很多蛋糕，要給孩子一個，這時要說什麼呢？
1. 什麼好呢？
2. 這兩個哪一個好呢？
3. 哪一個好呢？

重點解說

蛋糕只有兩個的時候用「どちらがいい」（這兩個哪一個好呢）；有三個以上的時候用「どれがいい」。「何がいい」（什麼好呢）是用於詢問「要什麼樣的東西」。

5番

女の人の日本語が速いですから、わかりません。男の人は何と言いますか。

1. すみません。もう少しゆっくりしてください。

2. すみません。もう少し大きい声で話してください。

3. すみません。もう少しゆっくり話してください。

女人的日語說得很快聽不懂，這時男人要說什麼呢？

1. 不好意思，請不用急著走。

2. 不好意思，請說大聲一點。

3. 不好意思，請說慢一點。

重點解說

　　選項1的「もう少しゆっくりして（いって）ください」（請不用急著走）是挽留客人時使用的說法。

1 番

112

解答：1

F：木村部長はお酒を飲みますか。

M：1. ええ、飲むと思いますよ。

　　2. ええ、飲みますと思いますよ。

　　3. さあ、飲むと思いません。

女：木村部長會喝酒嗎？

男：1. 嗯，我想會喝喔！

　　2. 嗯，我想會喝喔！（錯誤說法）

　　3. 不知道，我不覺得會喝。

重點解說

　　「（普通形）と思う」（我想～），「と」前面要接普通形，不能接禮貌形（です・ます）形，所以選項 2 不行。這裡的「～と思う」是表示推測，如果是要推測木村部長不喝酒的話，會說「飲まないと思います」（我想他不喝）。

2 番

113

解答：3

M：山本さんの電話番号を知っていますか。

F：1. いいえ、知らなければなりません。

　　2. いいえ、知っていません。

　　3. いいえ、知りません。

男：你知道山本的電話號碼嗎？

女：1. 不，一定要知道。

　　2. 不，不知道。（錯誤說法）

　　3. 不，不知道。

重點解說

　　沒有「知っていません」這樣的用法。

3番

解答：2

F ： おなかが痛いです。

M： 1. 大丈夫ですね。

2. 大丈夫ですか。

3. 大丈夫ですよ。

女：肚子好痛。

男：1. 沒問題對吧？

2. 沒問題嗎？

3. 沒問題喔！

重點解說

「－ね」是同意或重複對方的話時使用。在這裡是還不知道對方好不好，所以不能用「大丈夫ですね」（沒問題對吧）。「－よ」則是在告知對方事情時使用。

4番

解答：1

M：この絵、きれいですね。

F ： 1. ええ、本当に。

2. ええ、よくきれいですね。

3. ええ、わたしも嫌いです。

男：這幅畫真漂亮！

女：1. 嗯，真的。

2. 嗯，相當漂亮呢！（錯誤說法）

3. 嗯，我也不喜歡。

重點解說

形容詞前不能接「よく」，應該用「とても」。請參考 Part1 問題 4 的 15 題。

5番

解答：2

F ： お昼、日本料理はどうですか。

M：1. ええ、高いですね。

2. ええ、いいですね。

3. おいしかったです。

女：午餐吃日本料理怎麼樣？
男：1. 嗯，很貴呢！
　　2. 嗯，好啊！
　　3. 真是太好吃了！

 重點解說
　　「お昼、日本料理はどうですか」（午餐吃日本料理怎麼樣？）是「きょうの
お昼ご飯は日本料理を食べませんか」（今天午餐要不要吃日本料理）的意思，是
表示邀約的用法。

6番
解答：2

M：ここから駅まで遠いですか。

F：1. そうですね。バスで行ってくださいよ。

　　2. そうですね。バスで行ったほうがいいですよ。

　　3. そうですね。バスで行かなければいけませんよ。

男：從這裡到車站很遠嗎？
女：1. 是啊，請搭公車去。
　　2. 是啊，搭公車去會比較好喔！
　　3. 是啊，不搭公車去不行呢！

 重點解說
　　選項1的「動詞（て形）ください」是指示，選項2的「動詞（た形）ほう
がいい」是提議，選項3的「動詞（ない形）なければならない」是表示義務。
對於不知道到車站多遠的人應該要使用2的提議表現。

7番
解答：3

F：テストの時、本を見てもいいですか。

M：1. いいえ、見なくてはいけませんよ。

　　2. いいえ、見なければなりませんよ。

　　3. いいえ、見てはいけませんよ。

女：考試的時候可以看書嗎？

男：1. 不，不可以不看喔！

2. 不，一定要看喔！

3. 不，不可以看喔！

重點解說

　　表示「不允許」時要使用「動詞（て形）はいけない」（不可以做某動作）的句型，我們在 Part1 問題 4 的第 14 題、Part2 第一回模擬測驗問題 4 的第 3 題中也曾練習過。

　　包括上列答案的 1 和 2，以下的五個句型都表示義務。

「動詞（ない形）なければ　ならない」

「動詞（ない形）なければ　いけない」

「動詞（ない形）なくては　ならない」

「動詞（ない形）なくては　いけない」

「動詞（ない形）ないと　いけない」

但沒有「動詞（ない形）ないと　ならない」的用法。

119

8番

解答：1

F ：ちょっと寒いですね。

M ：1. じゃ、ストーブをつけましょう。

2. 大変ですね。

3. じゃ、大丈夫ですね。

女：有點冷呢！

男：1. 那開暖爐吧！

2. 真辛苦呢！

3. 那沒有問題吧！

重點解說

　　暖爐除了電熱外，也有靠燈油或瓦斯發熱的，故動詞使用「つける」（開）、「消す」（關）。「ちょっと寒いですね」（有點冷呢！）的「ね」有向對方尋求同意的意思，所以不只是自己陳述「冷」的這件事情，同時也有希望和對方討論解決方法的意思。

解答

問題 1

1	2	3	4	5	6	7
4	1	3	1	2	2	2

正確率：＿＿＿＿＿＿ / 7

問題 2

1	2	3	4	5	6
2	1	3	1	4	3

正確率：＿＿＿＿＿＿ / 6

問題 3

1	2	3	4	5
1	1	1	3	3

正確率：＿＿＿＿＿＿ / 5

問題 4

1	2	3	4	5	6	7	8
1	3	2	1	2	2	3	1

正確率：＿＿＿＿＿＿ / 8

《模擬測驗 第3回》

もんだい１

もんだい１では　はじめに、しつもんを　きいて　ください。それから　はなしを　きいて、もんだいようしの　１から４のなかから、ただしいこたえを　ひとつ　えらんでください。

１ばん 🎧122

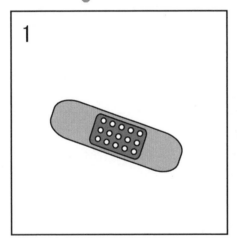

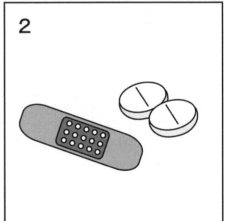

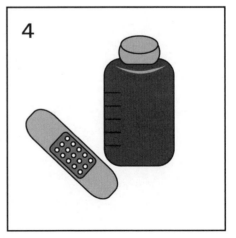

2 ばん 🎧123

1. 甘いのを 10 個と甘くないのを 10 個

2. 甘くないのを 20 個

3. 甘いのを 5 個と甘くないのを 5 個

4. 甘くないのを 10 個

3 ばん 🎧124

1. 女の人が郵便で送る

2. 男の人が郵便で送る

3. 女の人が車で返しに行く

4. 男の人が車で返しに行く

4 ばん 🎧125

1. 山中さんと佐藤さん

2. 木下さんと西村さん

3. 山中さんと西村さん

4. 木下さんと佐藤さん

5 ばん 126

1. 作文を書く
2. 作文を出す
3. 作文を教える
4. 作文を習う

6 ばん 127

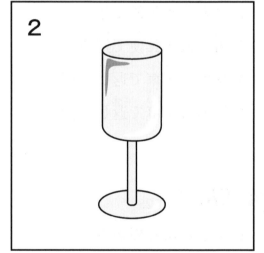

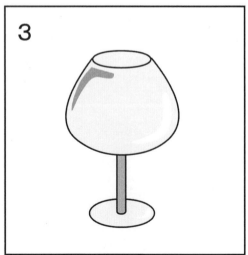

7 ばん 🎧128

1 	**2** 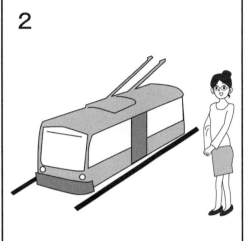
3 	**4** 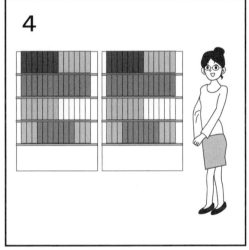

もんだい 2

　もんだい 2 では　はじめに、　しつもんを　きいて　ください。
それから　はなしを　きいて、もんだいようしの　1 から 4 のなかか
ら、ただしい　こたえを　ひとつ　えらんで　ください。

1 ばん 🎧130
1. 5 キロ
2. 10 キロ
3. 15 キロ
4. 20 キロ

2 ばん 🎧131
1. 家でテレビを見たから
2. 仕事があったから
3. めがねを忘れたから
4. 本屋へ行ったから

3 ばん 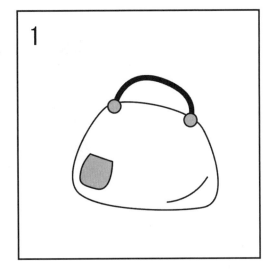132

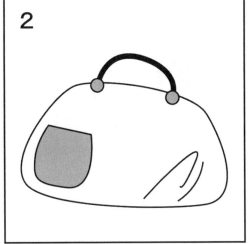

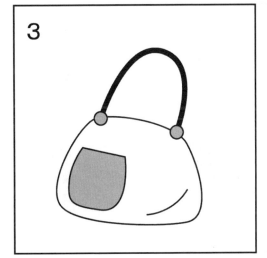

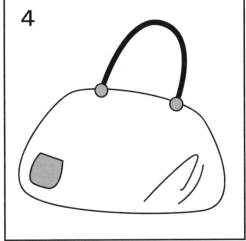

4 ばん 133

5 ばん 134

1. 今週水曜日の 4 時
2. 今週木曜日の 4 時
3. 今週木曜日の 6 時
4. 来週水曜日の 6 時

6ばん 🎧135

1

2

3

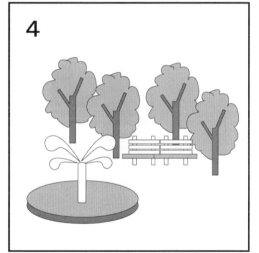

4

もんだい3

　もんだい3では、えを　みながら　しつもんを　きいて　ください。それから、ただしい　こたえを　1から3の　なかから　ひとつ　えらんで　ください。

1ばん

2 ばん 🎧138

3 ばん 🎧139

4ばん  140

5ばん  141

もんだい 4

　もんだい 4 には、えなどが　ありません。ぶんを　きいて、1 から 3 の　なかから　ただしい　こたえを　ひとつ　えらんで　ください。

1 ばん 🎧143

---

2 ばん 🎧144

---

3 ばん 🎧145

---

4 ばん 🎧146

5 ばん 🎧 147

6 ばん 🎧 148

7 ばん 🎧 149

8 ばん 🎧 150

1番

🎧122

解答：2

店の人と女の人が話しています。女の人はこれからどの薬を買いますか。

M：いらっしゃいませ。

F：あのう、指を切ったときに貼る…、名前がわからないんですけど。

M：ああ、こちらですね。指を切ったんですか。

F：いいえ、新しい靴をはいたので。それから、子供のかぜの薬はありますか。

M：はい。この小さいコップで朝昼晩に1杯ずつ飲んでください。

F：あのう、うちの子供はその薬が嫌いなんです。

M：では、こちらのはいかがですか。小さいですから、お子さんでも飲むことができますよ。朝と晩に水で1つずつ飲んでください。

F：わかりました。じゃ、それをください。

女の人はこれからどの薬を買いますか。

店員和女人在對話。女人接下來要買什麼藥？

男：歡迎光臨。

女：請問，割到手指時貼的那個……我不知道名字。

男：啊，是這個吧？割到手指了嗎？

女：不，因為穿了新鞋。然後有小孩的感冒藥嗎？

男：有的。請用這個小杯子每天早上、中午、晚上各喝一杯。

女：那個……我家的孩子不喜歡那種藥。

男：那這個怎麼樣？很小顆，連很小的孩子都可以吃。早晚配水各吃一顆。

女：我知道了，那請給我這個。

女人接下來要買什麼藥？

重點解說

「それから、子供のかぜの薬はありますか」（然後有小孩的感冒藥嗎？）這一句用了「それから」（又、還），可以得知前述的「指を切ったときに貼る」（割到手指時貼的那個）也要購買。而從「1つずつ飲んでください」（各吃一顆）可以得知藥是膠囊等顆粒狀的東西。

2番

N5

<ruby>女<rt>おんな</rt></ruby>の<ruby>人<rt>ひと</rt></ruby>と<ruby>男<rt>おとこ</rt></ruby>の<ruby>人<rt>ひと</rt></ruby>が<ruby>話<rt>はな</rt></ruby>しています。<ruby>男<rt>おとこ</rt></ruby>の<ruby>人<rt>ひと</rt></ruby>はどれを<ruby>買<rt>か</rt></ruby>いますか。

F：こちらのお<ruby>菓子<rt>かし</rt></ruby>はいかがですか。とってもおいしいですよ。

M：<ruby>甘<rt>あま</rt></ruby>いものはどうかな…。

F：<ruby>甘<rt>あま</rt></ruby>くないのもありますが。こちらです。

M：そうですか。<ruby>箱<rt>はこ</rt></ruby>がありますか？

F：はい。10<ruby>個<rt>じゅっこ</rt></ruby>と20<ruby>個<rt>にじゅっこ</rt></ruby>の<ruby>箱<rt>はこ</rt></ruby>がありますが。

M：じゃ、<ruby>多<rt>おお</rt></ruby>いほうの<ruby>箱<rt>はこ</rt></ruby>で。<ruby>全部甘<rt>ぜんぶあま</rt></ruby>くないのがいいかな…。

F：はい、<ruby>全部甘<rt>ぜんぶあま</rt></ruby>くないので。

M：あっ、でも、<ruby>半分<rt>はんぶん</rt></ruby>ずつのほうがいいです。それで<ruby>お願<rt>おねが</rt></ruby>いします。

F：はい、ありがとうございます。

<ruby>男<rt>おとこ</rt></ruby>の<ruby>人<rt>ひと</rt></ruby>はどれを<ruby>買<rt>か</rt></ruby>いますか。
1. <ruby>甘<rt>あま</rt></ruby>いのを10<ruby>個<rt>じゅっこ</rt></ruby>と<ruby>甘<rt>あま</rt></ruby>くないのを10<ruby>個<rt>じゅっこ</rt></ruby>
2. <ruby>甘<rt>あま</rt></ruby>くないのを20<ruby>個<rt>にじゅっこ</rt></ruby>
3. <ruby>甘<rt>あま</rt></ruby>いのを5<ruby>個<rt>ごこ</rt></ruby>と<ruby>甘<rt>あま</rt></ruby>くないのを5<ruby>個<rt>ごこ</rt></ruby>
4. <ruby>甘<rt>あま</rt></ruby>くないのを10<ruby>個<rt>じゅっこ</rt></ruby>

女人和男人在對話。男人要買哪一個？

女：這個餅乾如何？非常好吃喔！
男：甜的東西不知道好不好……
女：也有不甜的，就是這個。
男：這樣啊，有盒子嗎？
女：有，有十個裝的和二十個裝的。
男：那請給我多的那個。全部都買不甜的好了……
女：好的，全部都不甜的。
男：啊，不過還是各半好了。麻煩你了。
女：好的，謝謝。

男人要買哪一個？
1. 甜的10個和不甜的10個
2. 不甜的20個
3. 甜的5個和不甜的5個
4. 不甜的10個

重點解說

　　「多いほうの箱」可以知道是 20 個裝的，「半分ずつ」可以得知甜的和不甜的各一半。

★ 文法和表現

　　「甘いものはどうかな」(甜的東西不知道好不好……):「〜はどうかな」的句型，在感到疑惑、想委婉表示反對意見時使用。

124

3番

解答：4

男の人と女の人が話しています。雑誌はどうしますか。

M：この雑誌は早く石田先生に返さなければなりませんね。

F：そうですね。じゃ、私が今から郵便局に出しに行きましょう。

M：じゃ、封筒に入れて、住所と名前を書きましょう。

F：お願いできますか。これがお名前と住所です。

M：はい。あれ？石田先生のお宅は北山町なんですね。

F：ええ。

M：私の家から車で 10 分くらいです。私が帰るときに持って行きましょう。

F：じゃ、渡してくれますか。その封筒に入れて、先生に返してください。じゃ、名前も住所も…。

M：いいですね。

雑誌はどうしますか。

1. 女の人が郵便で送る
2. 男の人が郵便で送る
3. 女の人が車で返しに行く
4. 男の人が車で返しに行く

男人和女人在對話。雜誌要怎麼辦呢？

男：這本雜誌要早點還給石田老師才行。

女：沒錯，那我現在就去郵局寄。

男：那放到信封裡，寫上地址和姓名吧！

女：可以麻煩你嗎？這是名字和地址。

男：好，咦？石田老師的家在北山町啊？

女：對啊。

男：從我家開車只要十分鐘左右。我要回家的時候拿過去好了！

女：你要幫我拿給他嗎？請幫我放進信封裡還給石田老師，那名字和地址就⋯⋯

男：不用了吧。

雜誌要怎麼辦呢？

  1. 女人要用郵寄的

  2. 男人要用郵寄的

  3. 女人要開車去還

  4. 男人要開車去還

重點解說

    男人會開車直接去還雜誌，所以不用寫地址和名字，男人最後說的「いいですね」（不用了吧）是「書かなくていいですね」（不用寫了吧）的省略說法。

125

4番

解答：3

女の人と男の人が話しています。2人はどの人にしましたか。

F：いい人がたくさん来ましたね。どの人がいいかな。

M：うーん、難しいね。山中さんは明るくてかわいかったね。

F：そうね。料理が好きな佐藤さんもいい人だったよ。

M：うん。木下さんはコンピューターが上手で、西村さんは英語と中国語ができる。

F：そうね。困ったね。みんないい人だから。でも、今度の店はいろいろな人が大勢来るから、外国語が上手な人のほうが…。

M：うん。じゃ、その人と元気な人はどうかな。

F：ああ、この明るい人ね。そうね。そうしましょう。

2人はどの人にしましたか。

  1. 山中さんと佐藤さん

  2. 木下さんと西村さん

  3. 山中さんと西村さん

  4. 木下さんと佐藤さん

女人和男人在對話。兩個人決定要選哪個人？

女：來了很多不錯的人選呢！要選哪一個呢？

男：嗯～真難選。山中很開朗也很可愛。

女：對啊，喜歡做菜的佐藤也不錯。

男：嗯，木下很擅長電腦，西村會英文和中文。

女：也對，真苦惱。大家都是不錯的人。不過這次的店會有各式各樣的人來，精通
　　外文的人比較好……

男：嗯，那就選那個人和精力充沛的那個人吧！

女：啊，這個開朗的人對吧，就這麼辦吧！

兩個人決定要選哪個人？

　1. 山中先生和佐藤先生

　2. 木下先生和西村先生

　3. 山中先生和西村先生

　4. 木下先生和佐藤先生

重點解說

　　「そうしましょう」（就這麼辦吧！）是下決定時所說的話。

★ 文法和表現

　　「今度（こんど）の店（みせ）はいろいろな人（ひと）が大勢（おおぜい）来（く）るから、外国語（がいこくご）が上手（じょうず）な人（ひと）のほう
が…」（這次的店會有各式各樣的人來，精通外文的人比較……）：「～のほう
が（いい）」的句型，藉由省略「いい」的部份，可以委婉地表現出自己的意
見。

126

5番

解答：1

先生（せんせい）と女（おんな）の人（ひと）が話（はな）しています。女（おんな）の人（ひと）はこれから何（なに）をしなければなりませんか。

M：先週（せんしゅう）の宿題（しゅくだい）はできましたか。

F：あのう。

M：どうしましたか。

F：わかりませんから、教（おし）えてください。

M：いいですが、書（か）きましたか？作文（さくぶん）。

F：いいえ、難（むずか）しいですから。

M：まず、自分（じぶん）で書（か）いてください。わからないところは、それから教（おし）えます。

F：はーい。

女の人はこれから何をしなければなりませんか。

1. 作文を書く
2. 作文を出す
3. 作文を教える
4. 作文を習う

老師和女人在對話。女人接下來必須做什麼？

男：上星期的作業做完了嗎？

女：那個……

男：怎麼了嗎？

女：因為不會寫，請教我。

男：是可以，你寫了嗎？作文。

女：沒有，因為太難了。

男：請自己先寫寫看，然後不會的地方我再教你。

女：我知道了。

女人接下來必須做什麼？

1. 寫作文
2. 交作文
3. 教作文
4. 學作文

重點解說

「まず」（首先）表示要最先做的事。「それから」（接著）是其次的意思。

★ 文法和表現

「宿題はできましたか」（作業做完了嗎？）：「～はできましたか」的句型，用於要詢問某件事是否已經完成。

127

解答：2

6番

女の人と男の人が話しています。男の人はどれを出しますか。

F ： 今晩はその細いコップを使いましょう。

M ： このまっすぐでちょっと長い、これですか。

F ： いいえ、その持つところが細いの。

M ： ああ、これですね。こっちの上が丸いのもきれいですが。

Ｆ：ええ、そうね。でも、きょうはそれはいいわ。

Ｍ：わかりました。

男の人はどれを出しますか。

女人和男人在對話。男人要拿出哪一個？

女：今天晚上用那個瘦的杯子吧！
男：這個直直長長的對嗎？
女：不，是那個手拿的地方很細的。
男：啊，是這個吧，這個上面圓圓的也很漂亮呢！
女：嗯，沒錯。不過今天不要用那個。
男：我知道了。

男人要拿出哪一個？

重點解說
　　因為說了「その持つところが細いの」（手拿的地方很細的），可以得知是有
杯腳的杯子。選項1的造型瘦瘦長長的，所以並不是答案。女人最後說了「きょ
うはそれ（＝上が丸いの）はいいわ（＝要らないわ）」（今天不要用那個（上面
圓圓的杯子）），所以答案是選項2。

128

7番

解答：4

男の人と女の人が話しています。女の人はどうしますか。

Ｍ：もしもし、高田さん？もう、駅に着きましたよね。

Ｆ：ええ。

Ｍ：すみません。今、石山駅なんです。

Ｆ：じゃ、今から電車に乗るんですね。

Ｍ：ええ、先に店に行っていてください。

Ｆ：どのくらいかかりますか。

Ｍ：２０分ぐらいだと思います。

Ｆ：そうですか。じゃ、わたし本が買いたいですから、駅の前の本屋にいます。

Ｍ：そうですか。すみません。

女の人はどうしますか。

男人和女人在對話。女人要怎麼做呢？

男：喂，高田小姐？你已經到車站了吧？
女：對。
男：不好意思，我現在才在石山站。
女：那你現在才要搭電車嗎？
男：對。請你先去店裡。
女：你大概還要多久呢？
男：我想大概二十分鐘左右。
女：這樣啊，因為我想要買書，會在車站前的書店。
男：這樣啊，不好意思。

女人要怎麼做呢？

重點解說

　　因為是「駅の前の本屋にいます」（在車站前的書店），所以女人會在書店等而不是車站。

★ 文法和表現

　　　「どのくらいかかりますか」（大概還要多久呢？）：用於詢問所花的時間或是金額。

130

1番

解答：2

男の人と女の人が話しています。男の人はこれから毎日何キロ走りますか。

M：長い休みも、もう終わりだね。

F：うん、毎日走ってた？

M：もちろん。時間があったから、1日20キロくらいね。

F：わあ、すごいね。わたしはその4分の1くらいだったかな。

M：5キロか。でも、がんばったね。あしたからは学校が始まるから、たくさんは走ることができないな。

F：じゃ、休みの間の半分くらい？

M：そうだね。いっしょに走ろうよ。

F：うん。

男の人はこれから毎日何キロ走りますか。

1.5キロ

2.10キロ

3.15キロ

4.20キロ

男人和女人正在對話。男人之後要每天跑幾公里呢？

男：長假轉眼就要結束了。

女：嗯，每天都跑步嗎？

男：當然，因為比較有時間，一天跑二十公里左右。

女：哇，真厲害，我大概才跑四分之一而已吧。

男：五公里呀，不過你已經很努力了。明天就要開學了，就沒辦法跑很久了。

女：那假日的一半左右如何？

男：也對，一起跑吧！

女：嗯！

男人之後要每天跑幾公里呢？

　　1.5公里

　　2.10公里

　　3.15公里

　　4.20公里

131

2番

解答：3

女の人と男の人が話しています。女の人はどうして映画を見ませんでしたか。

F：きのう映画見た？

M：ううん、きのうは遅くまで仕事。木村さんは見た？

F：ううん。家でテレビ見てた。

M：映画館に行かなかったんだ。

F：ううん、映画館まで行ったけど、家にめがねを忘れたから。

M：ああ、そうなんだ。じゃ、きのうは買い物？

F：ううん。それから、本屋に行ったの。でも、本の名前もあまり…。

M：そうだよね。

F：だから、すぐ家へ帰ったの。ああ、映画見たかったなあ。

女の人はどうして映画を見ませんでしたか。

1. 家でテレビを見たから
2. 仕事があったから
3. めがねを忘れたから
4. 本屋へ行ったから

女人和男人正在對話。女人為什麼沒有去看電影呢？

女：昨天看了電影嗎？
男：不，昨天工作到很晚，木村小姐看了嗎？
女：不，在家裡看了電視。
男：你沒有去電影院嗎？
女：不是，我去了電影院，但是把眼鏡忘在家裡了。
男：啊，原來是這樣。那昨天去逛街了嗎？
女：沒有，後來去了書店。不過書名也不太看得到……
男：也是！
女：所以馬上就回家了。啊，明明很想看電影的～

女人為什麼沒有去看電影呢？

  1. 因為在家裡看電視

  2. 因為有工作

  3. 因為忘記帶眼鏡出門

  4. 因為去了書店

重點解說

    從這一句「映画館（えいがかん）まで行（い）ったけど、家（うち）にめがねを忘（わす）れたから（映画（えいが）を見（み）なかった）」（雖然去了電影院，但是把眼鏡忘在家裡了（所以沒有看電影）），和女人最後說的「映画（えいが）見（み）たかったなあ」（明明很想看電影）就可知道最後並沒看到電影。「動詞（ます形）たかった」表示希望沒有實現，Part2 模擬測驗第一回問題 1 中的第 7 題也曾經出現類似的題目。

3番

解答：4

男（おとこ）の人（ひと）と女（おんな）の人（ひと）が話（はな）しています。女（おんな）の人（ひと）のかばんはどれですか。

F ： あのう、さっきの電車（でんしゃ）にかばんを忘（わす）れました。

M ： 大（おお）きいかばんですか、小（ちい）さいかばんですか。

F ： 大（おお）きいかばんです。

M ： これですか。

F ： いいえ、持（も）つところはもっと長（なが）いです。それから、外（そと）に小（ちい）さなポケットがあります。中（なか）にコンピューターと本（ほん）があると思（おも）います。

M ： じゃ、これかな。

F ： そうです。よかった。ありがとうございました。

M ： いいえ。

女（おんな）の人（ひと）のかばんはどれですか。

男人和女人正在對話。女人的包包是哪個？

女：不好意思，我把包包忘在剛剛的電車裡了。
男：是大的還是小的包包呢？
女：是大包包。
男：是這個嗎？
女：不是，提把更長一點。然後外層有個小小的口袋，我想裡面應該有電腦和書。
男：那是這個吧？

女：沒錯，太好了！謝謝。

男：不客氣。

女人的包包是哪個？

重點解說

　　邊聆聽題目，邊對照圖確認「大きい」（大）、「持つところは長い」（提把很長）、「外に小さなポケット」（外面有小口袋）這幾個關鍵字。「いいえ、持つところはもっと長いです」（不是，提把更長一點）的「いいえ」不是針對包包的大小，而是針對提把的長度。

🎧 133

4番

解答：4

<ruby>女<rt>おんな</rt></ruby>の<ruby>人<rt>ひと</rt></ruby>と<ruby>男<rt>おとこ</rt></ruby>の<ruby>人<rt>ひと</rt></ruby>が<ruby>話<rt>はな</rt></ruby>しています。<ruby>男<rt>おとこ</rt></ruby>の<ruby>人<rt>ひと</rt></ruby>はどうして<ruby>日本<rt>にほん</rt></ruby>へ<ruby>行<rt>い</rt></ruby>きますか。

F：<ruby>日本<rt>にほん</rt></ruby>へ<ruby>行<rt>い</rt></ruby>くの？

M：うん。<ruby>来週<rt>らいしゅう</rt></ruby>ね。

F：<ruby>旅行<rt>りょこう</rt></ruby>？<ruby>仕事<rt>しごと</rt></ruby>？

M：<ruby>父<rt>ちち</rt></ruby>に<ruby>会<rt>あ</rt></ruby>いにね。

F：ああ、お<ruby>父<rt>とう</rt></ruby>さんは<ruby>日本人<rt>にほんじん</rt></ruby>だったね。

M：うん。

F：わたしも<ruby>行<rt>い</rt></ruby>きたいな。

M：<ruby>旅行<rt>りょこう</rt></ruby>に？

F：ううん、<ruby>勉強<rt>べんきょう</rt></ruby>に。

<ruby>男<rt>おとこ</rt></ruby>の<ruby>人<rt>ひと</rt></ruby>はどうして<ruby>日本<rt>にほん</rt></ruby>へ<ruby>行<rt>い</rt></ruby>きますか。

女人和男人正在對話。男人為什麼要去日本？

女：你要去日本？

男：嗯，下週吧！

女：去旅遊還是工作？

男：去和父親見面。

女：啊對，你父親是日本人吧！

男：嗯。

女：我也好想去呀！

男：去旅遊嗎？

女：不是，是去念書。

男人為什麼要去日本？

重點解說

　　問題是和男人有關，所以不用注意女人的部份。「父に会いに」是「父に会いに（日本へ行く）」（為了見父親去日本）的意思。

★ 文法和表現

　　「父に会いに（行く）」：「動詞（ます形）に行く／来る／帰る」的句型，「に」表示目的，即「行く／来る／帰る」的目的。

134

5番

解答：2

男の人と女の人が話しています。2人はいつ会いますか。

M：会議だけど、時間はどう？

F：水曜か木曜がいいけど。

M：じゃ、今週の水曜日はどうかな。

F：次の週でもいい？

M：来週はちょっと遅いな。

F：そう、わたしは水曜より木曜のほうがいいかな。

M：わかった。じゃ、時間は？

F：4時ごろでもいい？

M：いいよ。4時。16時ね。じゃ、よろしく。

2人はいつ会いますか。
1. 今週水曜日の4時
2. 今週木曜日の4時
3. 今週木曜日の6時
4. 来週水曜日の6時

男人和女人正在對話。兩個人什麼時候要見面？

男：要開會，時間方面如何？
女：星期三和四可以。

男：那就這星期三怎麼樣？

女：可以下星期嗎？

男：下星期就有點太晚了。

女：是嗎？我星期四比星期三方便。

男：我知道了，那時間呢？

女：4 點左右可以嗎？

男：可以喔！4 點就是 16 點吧，那就麻煩你囉。

兩個人什麼時候要見面？

　　1. 本週三的 4 點

　　2. 本週四的 4 點

　　3. 本週四的 6 點

　　4. 下週三的 6 點

重點解說

　　從「来週はちょっと遅いな」（下星期就有點太晚了）可得知下禮拜會來不及，從「今週」（這禮拜）、「水曜より木曜のほうがいい」（星期四比星期三方便）可以得知答案是「這星期四」。「～より」在 Part1 問題 2 的第 6 題和第 7 題，Part 2 模擬測驗第 2 回問題 1 的第 6 題中都曾出現過。

 135

6番

解答：1

男の人と女の人が話しています。2人はこれからどこへ行きますか。

M：もしもし、海か山に写真を撮りに行かない？

F：行きたいけど、きょうはだめだよ。宿題がたくさんあるから。

M：あと、どれくらいあるの？

F：朝からがんばってるけど、ぜんぜん終わらないの。

M：今、家？図書館でしたほうが早く終わると思うけど。

F：図書館は静かだから、ちょっと…。

M：じゃ、喫茶店に行こうよ。

F：宿題教えてくれる？

M：もちろん。宿題が終わってから、近くの公園へ写真を撮りに行こうよ。

F：そうだね。じゃ、そうする。じゃ、また後で。

2人はこれからどこへ行きますか。

男人和女人正在對話。兩個人接下來要去哪裡？

男：喂，要不要去海邊或山上拍照？

女：雖然很想去，但是今天不行耶，因為作業很多。

男：還剩下多少呢？

女：我從早上就開始寫了，卻完全寫不完。

男：你現在在家裡嗎？我想在圖書館的話應該會比較快寫完。

女：圖書館太安靜了，有點……

男：那去咖啡店吧！

女：你要教我寫作業嗎？

男：當然，寫完作業，到附近的公園去拍照吧！

女：可以呢！那就這麼辦！等會見。

兩個人接下來要去哪裡？

重點解說

　　因為說了「図書館は静かだから、ちょっと…」（圖書館太安靜了，有點……），所以不會去圖書館。「ちょっと」（有點）在不同意、反對、拒絕時經常會用到。

★ 文法和表現

　　「ぜんぜん終わらないの」（完全寫不完）：「ぜんぜん…（否定）」的句型，意思為「完全不……」。

N5

1番

🎧 137

解答：1

駅_{えき}はどこですか。わかりません。何_{なん}と言_いいますか。

1. すみません。駅_{えき}はどこですか。

2. しつれいです。駅_{えき}はどこですか。

3. ごめんください。駅_{えき}はどこですか。

不知道車站在哪裡，這時候會說什麼呢？
1. 不好意思，請問車站在哪裡？
2. 真沒禮貌，請問車站在哪裡？
3. 有人在嗎？請問車站在哪裡？

重點解說

　　「すみません」是一句多功能的句子。道歉時（對不起）、應答時（不好意思／謝謝）、問問題時（請問一下）、招喚店員時（小姐／先生）、從擁擠的電車中下車時（借過）都可以使用。「ごめんください」是拜訪別人家裡時所說的話。

2番

🎧 138

解答：2

これから寝_ねます。何_{なん}と言_いいますか。

1. しつれいします。

2. おやすみなさい。

3. では、また。

接下來要睡了，這時候會說什麼呢？
1. 打擾了。
2. 晚安。
3. 那麼，再會。

重點解說

　　可以說「おやすみなさい」或是「おやすみ」，回答的時候也要說「おやすみなさい」或是「おやすみ」。「しつれいします」（打擾了）和「では、また」（那麼，再會）是和已經見到面的人告別時使用。「しつれいします」也是在進入師長、上司的房間時使用的慣用語。

139

解答：2

3番

友達の子供は何歳ですか。知りたいです。何と言いますか。

1. お子さんはいつですか。

2. お子さんはおいくつですか。

3. お子さんはおいくらですか。

想要知道朋友的孩子幾歲了，這時候會說什麼呢？
1. 你的孩子是什麼時候？
2. 你的孩子幾歲了？
3. 你的孩子是多少錢？

 重點解說

問年齡時除了「何歳ですか」外，也可以使用「おいくつですか」。「おいくつですか」是較有禮貌的說法，回答方式可以參照 Part1 問題 4 的第 12 題。

140

解答：3

4番

友達は元気がありません。何と言いますか。

1. どうですか。

2. どうしますか。

3. どうしましたか。

朋友沒有精神，這時候會說什麼呢？
1. 怎麼樣？
2. 要怎麼辦呢？
3. 發生了什麼事嗎？

 重點解說

選項 1 的「どうですか」（怎麼樣？）用法類似「最近、どうですか」（最近好嗎？）是久違見面時的問候語。選項 2 的「どうしますか」（要怎麼辦呢？）是詢問對方要怎麼做時使用，例如：
　　A：旅行はどうしますか。（旅行要怎麼辦呢？）
　　B：そうですね。東京にしませんか。（是啊……要不要去東京？）
A 句裡的「どうしますか」意思包括要不要去、去哪裡等等。

5番

^{おんな}女の^{ひと}人は^{とうきょうえき}東京駅へ^い行きたいです。タクシーの^{ひと}人に^{なん}何と^い言いますか。

1. ^{とうきょうえき}東京駅までおねがいします。

2. ^{とうきょうえき}東京駅まで^い行ってもいいですか。

3. ^{とうきょうえき}東京駅まで^い行きませんか。

女人想去東京車站，要對司機說什麼呢？

1. 請載我到東京車站。

2. 可以去東京車站嗎？

3. 要不要去東京車站呢？

重點解說

「行ってもいいですか」（可以去嗎？）是徵求同意時使用的，意思會變成問司機「我可不可以去東京車站？」「行きませんか（你要不要去）」是邀約時的說法。

1番

解答：1

M：お茶、もう一杯いかがですか。

F ：1. いいえ、いいです。

　　2. はい、けっこうです。

　　3. いいえ、大変ですよ。

男：要不要再來一杯茶呢？
女：1. 不，不用了。
　　2. 好，可以。
　　3. 不，很辛苦喔！

> **重點解說**
>
> 　　選項 2 的「はい、けっこうです」（好，可以）是「允許、許可」的意思，這裡不適用，若把它改成「いいえ、けっこうです」就和選項 1 的「いいえ、いいです」意思相同，兩者皆可使用。

2番

144

解答：3

F ：日本語は難しいですか。

M：1. いいえ、安いです。

　　2. はい、安くありません。

　　3. いいえ、易しいです。

女：日文很難嗎？
男：1. 不，很便宜。
　　2. 是的，不便宜。
　　3. 不會，很簡單。

> **重點解說**
>
> 　　「安いです」和「易しいです」發音相似，要注意。

3番

145

解答：3

M：晩ごはん、いっしょにどう？

F ：1. 駅の前の店です。

　　2. いいえ、けっこうです。

　　3. 安くておいしい店知ってる？

男：要不要一起吃晚餐？
女：1. 是車站前的店。
　　2. 不，不用了。
　　3. 你知道便宜又好吃的店嗎？

重點解說
　　選項2的「いいえ、けっこうです」（不，不用了）是用在拒絕別人的建議，如「コーヒーはいかがですか」（要不要喝咖啡）等時候。

146

4番

解答：2

F ：いつ日本へ行く？

M：1. いつもいいよ。

　　2. いつでもいいよ。

　　3. いつがいいよ。

女：什麼時候要去日本？
男：1. 總是都可以喔！（錯誤說法）
　　2. 什麼時候都可以喔！
　　3. 什麼時候好喔！（錯誤說法）

重點解說
　　「いつも」可用在「いつもこの店でパンを買う」（總是在這間店買麵包）或「佐藤さんはいつもパーティーに来ない」（佐藤先生總是不來參加宴會）等情況。另外，建議大家可將「いつでもいい」（什麼時候都可以）當作句型背下來。

147

模擬測驗 ㊂

問題 1

問題 2

問題 3

問題 4

5番

解答：1

M： みなさん、わかりましたか。
F ： 1. 先生、すみません。もう一度言ってください。
　　 2. 先生、すみません。まだ一度言ってください。
　　 3. 先生、すみません。あと一度言ってください。

男：大家懂了嗎？
女：1. 老師，不好意思，請再說一次。
　　 2. 老師，不好意思，還沒請再說一次。（錯誤說法）
　　 3. 老師，不好意思，請說最後一次。

重點解說
　　「あと」和「まだ」會用「あと…ある」、「まだ…ある」（還有（多少）……）的形式來表現，例如「あと 1 つだけある」（還有一個）、「まだ 5 分ある」（還有五分鐘），在表示剩餘的個數或時間時使用。

148

6番

解答：1

F ： どうしましたか。
M： 1. 頭が痛いので、帰ってもいいですか。
　　 2. 頭が痛いので、帰ってください。
　　 3. 頭が痛いので、帰ることができませんか。

女：怎麼了嗎？
男：1. 頭很痛，我可以回家嗎？
　　 2. 頭很痛，請回家。
　　 3. 頭很痛，不能回家嗎？

重點解說
　　選項 3 的「動詞（字典形）ことができる」是詢問能力或規定時使用的。可以再複習一下 Part1 問題 4 的第 14 題、Part2 模擬測驗第 1 回問題 4 的第 3 題。

7番

解答：2

M：ここに名前を書いてください。

F ：1. はい。書きました。これはいいですか。

　　2. はい。書きました。これでいいですか。

　　3. はい。書きました。これがいいですか。

男：請在這裡寫名字。

女：1. 好的，寫好了。這個可以嗎？

　　2. 好的，寫好了。這樣就可以了嗎？

　　3. 好的，寫好了。這個可以嗎？

重點解說

向人確認是否正確無誤時用會用「これでいいですか」。

8番

解答：2

F ：家へ帰ってから晩ごはんを食べますか。

M：1. いいえ、外へ食べに帰ります。

　　2. いいえ、外で食べて帰ります。

　　3. いいえ、外で食べたから帰ります。

女：回到家後才吃晚餐嗎？

男：1. 不，回到外面吃。（錯誤說法）

　　2. 不，在外面吃完才回家。

　　3. 不，因為在外面吃了所以回家。

重點解說

　　「から」有表現①原因理由（因為～所以）②起點、順序（從～）的作用。「動詞（て形）から」「名詞＋から」是表示起點或順序（從～）；而用於連接兩個句子時「から」則表示理由（因為～所以）。舉一個名詞的例子如下：

・会社から、家まで１時間かかる。（從公司到家裡要花一小時。）

・会議だから、会社に行かなければならない。（因為要開會，所以必須去公司。）

解答

問題 1

1	2	3	4	5	6	7
2	1	4	3	1	2	4

正確率：＿＿＿＿＿＿ / 7

問題 2

1	2	3	4	5	6
2	3	4	4	2	1

正確率：＿＿＿＿＿＿ / 6

問題 3

1	2	3	4	5
1	2	2	3	1

正確率：＿＿＿＿＿＿ / 5

問題 4

1	2	3	4	5	6	7	8
1	3	3	2	1	1	2	2

正確率：＿＿＿＿＿＿ / 8

國家圖書館出版品預行編目資料

日檢N5聽解一次掌握！/今泉江利子著
--初版. -- 臺北市：日月文化, 2010.11
　　面；　公分. --（EZ Japan檢定；5）

　　ISBN 978-986-248-106-6（平裝）

1. 日語　2. 能力測驗

803.189　　　　　　　　　　　99014125

EZ Japan。檢定05

日檢N5聽解一次掌握！

作　　　　者：今泉江利子
總　編　　輯：顏秀竹
主　　　編：張維君
副　主　編：何佩蓉
Ｃ　Ｄ　錄　音：今泉江利子・仁平亘
封　面　設　計：林政佑・徐歷弘
插　　　圖：鄭玉婕
內　頁　排　版：健呈電腦排版股份有限公司
印　　　刷：禹利電子分色有限公司

發　行　　人：洪祺祥
法　律　顧　問：建大法律事務所
財　務　顧　問：高威會計師事務所

出　　　版：日月文化出版股份有限公司
製　　　作：EZ 叢書館
地　　　址：台北市信義路三段 151 號 9 樓
電　　　話：(02)2708-5509
手　機　簡　訊：0972502076
傳　　　真：(02)2708-6157
Ｅ - ｍ ａ ｉ ｌ：service@heliopolis.com.tw
日月文化網路書店：www.ezbooks.com.tw
郵　撥　帳　號：19716071 日月文化出版股份有限公司

總　經　　銷：高見文化行銷股份有限公司
電　　　話：(02)2668-9005
傳　　　真：(02)2668-6220

出　版　日　期：2010 年 11 月初版
　　　　　　　2012 年 10 月初版四刷
Ｉ　Ｓ　Ｂ　Ｎ：978-986-248-106-6
定　　　價：280 元

答題用紙

Part 1 四大題型練習

もんだい1

かいとう ばんごう	かいとうらん Answer			
	1	2	3	4
1	①	②	③	④
2	①	②	③	④
3	①	②	③	④
4	①	②	③	④
5	①	②	③	④
6	①	②	③	④
7	①	②	③	④
8	①	②	③	④
9	①	②	③	④
10	①	②	③	④

もんだい2

かいとう ばんごう	かいとうらん Answer			
	1	2	3	4
1	①	②	③	④
2	①	②	③	④
3	①	②	③	④
4	①	②	③	④
5	①	②	③	④
6	①	②	③	④
7	①	②	③	④
8	①	②	③	④
9	①	②	③	④
10	①	②	③	④

もんだい3

かいとう ばんごう	かいとうらん Answer		
	1	2	3
1	①	②	③
2	①	②	③
3	①	②	③
4	①	②	③
5	①	②	③
6	①	②	③
7	①	②	③
8	①	②	③
9	①	②	③
10	①	②	③

もんだい4

かいとう ばんごう	かいとうらん Answer		
	1	2	3
1	①	②	③
2	①	②	③
3	①	②	③
4	①	②	③
5	①	②	③
6	①	②	③
7	①	②	③
8	①	②	③
9	①	②	③
10	①	②	③
11	①	②	③
12	①	②	③
13	①	②	③
14	①	②	③
15	①	②	③
16	①	②	③
17	①	②	③
18	①	②	③
19	①	②	③
20	①	②	③

Part 2　模擬測驗第一回

もんだい1

かいとう ばんごう	かいとうらん Answer			
	1	2	3	4
1	①	②	③	④
2	①	②	③	④
3	①	②	③	④
4	①	②	③	④
5	①	②	③	④
6	①	②	③	④
7	①	②	③	④
8	①	②	③	④

もんだい3

かいとう ばんごう	かいとうらん Answer		
	1	2	3
1	①	②	③
2	①	②	③
3	①	②	③
4	①	②	③
5	①	②	③
6	①	②	③
7	①	②	③
8	①	②	③

もんだい2

かいとう ばんごう	かいとうらん Answer			
	1	2	3	4
1	①	②	③	④
2	①	②	③	④
3	①	②	③	④
4	①	②	③	④
5	①	②	③	④
6	①	②	③	④
7	①	②	③	④
8	①	②	③	④

もんだい4

かいとう ばんごう	かいとうらん Answer		
	1	2	3
1	①	②	③
2	①	②	③
3	①	②	③
4	①	②	③
5	①	②	③
6	①	②	③
7	①	②	③
8	①	②	③

Part 2 　模擬測驗第二回

もんだい1				
かいとうばんごう	かいとうらん Answer			
	1	2	3	4
1	①	②	③	④
2	①	②	③	④
3	①	②	③	④
4	①	②	③	④
5	①	②	③	④
6	①	②	③	④
7	①	②	③	④
8	①	②	③	④

もんだい3			
かいとうばんごう	かいとうらん Answer		
	1	2	3
1	①	②	③
2	①	②	③
3	①	②	③
4	①	②	③
5	①	②	③
6	①	②	③
7	①	②	③
8	①	②	③

もんだい2				
かいとうばんごう	かいとうらん Answer			
	1	2	3	4
1	①	②	③	④
2	①	②	③	④
3	①	②	③	④
4	①	②	③	④
5	①	②	③	④
6	①	②	③	④
7	①	②	③	④
8	①	②	③	④

もんだい4			
かいとうばんごう	かいとうらん Answer		
	1	2	3
1	①	②	③
2	①	②	③
3	①	②	③
4	①	②	③
5	①	②	③
6	①	②	③
7	①	②	③
8	①	②	③

Part 2 模擬測驗第三回

もんだい1				
かいとうばんごう	かいとうらん Answer			
	1	2	3	4
1	①	②	③	④
2	①	②	③	④
3	①	②	③	④
4	①	②	③	④
5	①	②	③	④
6	①	②	③	④
7	①	②	③	④
8	①	②	③	④

もんだい3			
かいとうばんごう	かいとうらん Answer		
	1	2	3
1	①	②	③
2	①	②	③
3	①	②	③
4	①	②	③
5	①	②	③
6	①	②	③
7	①	②	③
8	①	②	③

もんだい2				
かいとうばんごう	かいとうらん Answer			
	1	2	3	4
1	①	②	③	④
2	①	②	③	④
3	①	②	③	④
4	①	②	③	④
5	①	②	③	④
6	①	②	③	④
7	①	②	③	④
8	①	②	③	④

もんだい4			
かいとうばんごう	かいとうらん Answer		
	1	2	3
1	①	②	③
2	①	②	③
3	①	②	③
4	①	②	③
5	①	②	③
6	①	②	③
7	①	②	③
8	①	②	③

《日檢N5聽解一次掌握！》
讀者基本資料

■是否為 EZ JAPAN 訂戶？　　□是 □否

■姓名 ＿＿＿＿＿＿＿＿＿＿＿ 性別 □男 □女

■生日　民國 ＿＿＿年 ＿＿＿月 ＿＿＿日

■地址　□□□-□□（請務必填寫郵遞區號）

＿＿＿＿＿＿＿＿＿＿＿＿＿＿＿＿＿＿＿＿＿＿＿

■聯絡電話（日）＿＿＿＿＿＿＿＿＿＿＿＿＿＿＿＿

　　　　（夜）＿＿＿＿＿＿＿＿＿＿＿＿＿＿＿＿

　　　　（手機）＿＿＿＿＿＿＿＿＿＿＿＿＿＿＿

■E-mail ＿＿＿＿＿＿＿＿＿＿＿＿＿＿＿＿＿＿＿
（請務必填寫E-mail，讓我們為您提供VIP服務）

■職業
　□學生 □服務業 □傳媒業 □資訊業 □自由業 □軍公教 □出版業
　□商業 □補教業 □其他

■教育程度
　□國中及以下 □高中 □高職 □專科 □大學 □研究所以上

■您從何種通路購得本書？
　□一般書店 □量販店 □網路書店 □書展 □郵局劃撥

您對本書的建議……